Andre Mairock

Fremdling vom Hölltal

Andre Mairock

Fremdling vom Hölltal

Roman

rosenheimer

2. Auflage

Titelfoto: Bernd Römmelt, München
Satz: Buch-Werkstatt GmbH, Bad Aibling
Druck und Bindung: Oldenbourg Taschenbuch GmbH,
Hürderstraße 4, D-85551 Kirchheim

ISBN 3-475-53487-8

Zweimal hatte Christoph Diepolter sein Sägewerk am reißenden Steinebach neu aufbauen müssen, denn zweimal innerhalb weniger Jahre wurde es von den niederstürzenden Wassermassen total zerstört und fortgeschwemmt, ohne dass man etwas dagegen hätte tun können. Seitdem droben in den so genannten Drachenstuben unter den Gletschern des bizarr aufgerichteten Torkogels eine neue Wasserader aufgebrochen war, die sich den Weg in unberechenbarem Wohin zum Felsbett des Steinebachs gebohrt und gegraben hatte, bestand bei Hochwasser ständig die Gefahr einer Überschwemmung. Davon wurde nicht nur allein das Sägewerk des Christoph Diepolter bedroht, sondern das ganze Hölltal, das in seiner Enge ein paar friedliche Dörfer barg, die vom Ertrag der kargen Erde leben mussten.

Durch die Vermurungen erlitten die Wiesen und Weiden jeweils gewaltigen Schaden, wodurch wiederum die Bewohner des Hölltals in große Not gerieten. Und hatten sie mit großem Fleiß Schlamm und Geröll von ihren Fluren beseitigt, sodass neues Wachstum ansetzen konnte, lebten sie in der ständigen Angst vor einer neuen Überflutung durch den unseligen Steinebach.

Dabei sah der Wildbach in guten Zeiten gar nicht so gefährlich aus ... wie ein friedliches Rinnsal kam er durch die Wälder, lief die Felsbänke herab und glänzte in der Sonne wie klares Kristall. Aber wenn er Hochwasser führte, das er droben im zerklüfteten Gebirge aus den zahlreichen Sturz- und Rinnbächen sammelte, dann zeigte er seine elementare Gewalt, und es gab keine andere Kraft, die ihm erfolgreich entgegengesetzt werden konnte.

Schon oftmals hatte vom Kirchlein des Dorfes zu allen Tages- und Nachtzeiten die Notglocke geläutet und die Männer der Wehr zusammengerufen, damit sie versuchen sollten, dieser gefürchteten Naturgewalt zu trotzen und wenigstens Menschen und Vieh in Sicherheit zu bringen.

Nicht dass man nicht alles getan hätte, um den Ausbruch des entfesselten Elements zu verhindern. Man hatte aus schweren Felsblöcken starke Wehrmauern gebaut, das Bett des Baches ausgeräumt und tiefer gelegt, man hatte sogar so genannte Wassermühlen errichtet, die die Kraft der Fluten brechen sollten. Aber ganz konnte damit das Unheil nicht gebannt werden. Bei starken, lang anhaltenden Niederschlägen oder im Frühjahr bei rascher Schneeschmelze war die Gefahr immer wieder da und bedrohte Leben und Besitz der Talbewohner.

Erst im vergangenen Frühling war es wieder zu vernichtenden Überschwemmungen gekommen, die der tapferen Bevölkerung von Mölk schwere Opfer an Hab und Gut abverlangten.

Christoph Diepolter stand zum zweiten Mal vor der völligen Zerstörung seines großen, modernen Sägewerkes. Auch sein Hof, der durch die breite Straße davon getrennt war, erlitt diesmal erheblichen Schaden, und da nicht einmal mehr das Vieh restlos gerettet werden konnte, war das Unglück noch weit schwerer.

Da Christoph Diepolter sich noch dazu als Bürgermeister vom Dorf Mölk für seine Mitbürger verantwortlich fühlte, von denen mehrere sehr empfindlich geschädigt worden waren, sah er sich in doppelter Hinsicht in großer Ratlosigkeit, und der starke, resolute Mann, von dem man glaubte, dass ihn kein Schicksalsschlag niederwerfen könnte, wollte darüber fast den Mut verlieren.

Er schickte als Oberhaupt der Gemeinde einen Hilferuf an die Regierung, worauf auch ein paar Beamte kamen, um das Hölltal zu einem Notstandsgebiet zu erklären und versprachen, Abhilfe zu schaffen.

Mit der ihm eigenen Energie ging Christoph Diepolter an den Neuaufbau seiner Säge, und die übrigen geschädigten Bauern ließen sich von seinem Beispiel mitreißen und stellten ihrerseits mit bewunderungswertem Fleiß und unvorstellbarer Mühe wieder Ordnung und Sauberkeit auf den Fluren und Weiden her.

Als der Sommer ins Land kam, blühten wieder überall die Wiesen, und auf dem neuen Dachstuhl des Sägewerkes steckte der mit Bändern geschmückte Busch.

Noch einmal hatte der zähe Wille der Bevölkerung über Resignation und Hoffnungslosigkeit gesiegt, und die Leute von Mölk warteten auf jenen Mann, der die Rettung bringen sollte, indem er den gefährlichen Wildbach, der aus den Drachenstuben des Torkogels herabstürzte, nach neuesten Erkenntnissen zähmen sollte.

Man hatte Christoph Diepolter, dem Bürgermeister von Mölk, versprochen, dass dieser Mann geschickt werden würde. Aber es waren seitdem Wochen vergangen, ohne dass noch einmal die Rede davon gewesen war.

Deshalb war die Überraschung umso größer, als der versprochene Mann eines Tages tatsächlich kam …

Es war ein junger Ingenieur namens Martin Rambold, ein kräftiger, robuster Naturbursche mit markantem Gesicht, dem man die bäuerliche Abstammung ansah, und einem kühnen, unerschrockenen Blick. Seine Kleidung war ebenso derb wie der Mann selbst, und sein blondes, in wirren Strähnen vom Kopf abstehendes Haar zeugte von wenig Pflege. Er kam in seinem alten, strapazierten Wagen an, schaute nach einem Menschen, dem er ihm auf der Dorfstraße als Erstes begegnete, trat auf die Bremse, dass die Reifen quietschten, und streckte den Kopf durch das geöffnete Seitenfenster hinaus.

»Wo wohnt denn hier der Bürgermeister?«, fragte er.

Es war ein junges hübsches Mädchen in der kleidsamen Oberländischen Tracht, das er um diese Auskunft bat. Aber die Schöne zeigte wenig Neigung, diese schroff gestellte Frage ihrerseits freundlich zu beantworten. »Wenn Sie dieser Straße nachfahren, stoßen Sie hinter dem Wäldchen auf ein Sägewerk. Dort finden Sie den Bürgermeister!«

Das Mädchen wandte sich hochmütig ab und ging ihren Weg weiter!

»He! Schönes Fräulein, einen Moment!«, rief der Mann im Auto ihr nach.

Sie wandte sich um und kam widerwillig zurück.

»Eine besonders freundliche Art scheint man hier gegenüber Fremden nicht zu haben!«, lachte er jetzt.

»Wie man in den Wald ruft, so kommt es zurück, heißt bei uns ein Sprichwort«, antwortete sie schnippisch.

»Ach so! Habe ich vielleicht unhöflich gefragt?«

»Höflich war es jedenfalls nicht.«

»Dann entschuldigen Sie, bitte! Ich wollte nur noch fragen, ob der Bürgermeister hier in einer Einöde haust, weil nichts von seinem Haus zu sehen ist.«

»Weit ist es nicht zur Säge. In ein paar Minuten sind wir dort. Wenn Sie im Schritt fahren, brauchen Sie nur mir folgen. Ich gehe nämlich auch dorthin.«

»Dann wäre es einfacher, wenn Sie sich zu mir in den Wagen setzen, das heißt, wenn er Ihnen gut genug ist!«

»Hier in der Gegend ist man nicht so anspruchsvoll. Wenn ich also bitten darf …«

Er öffnete den Schlag und ließ sie einsteigen. Langsam fuhren sie durch das lang gestreckte Dorf, vorbei an den Gehöften, um die die Straße oft ein scharfes Knie machte.

»Sie möchten doch bestimmt gern wissen, wer ich bin?«, fragte er.

»O nein! Ich bin nicht neugierig!«, war ihre Antwort.

»Aber ich bin es: Ihrem Aussehen und Ihrer Art nach sind Sie nicht von einem Bauernhof!«

»Nein ... es gibt nicht nur Bauern hier!«

»So? Das ist mir neu! Darf man vielleicht wissen, welcher Tätigkeit Sie dann nachgehen; denn dass Sie von hier sind, lässt sich unschwer erkennen.«

Sie lachte schelmisch. »So? Das freut mich. Dreimal dürfen Sie raten!«

Er schaute sie von der Seite an. »Lehrerin?«

»Nein.«

»Postbeamtin?«

»Auch nicht.«

»Kindergärtnerin?«

Sie lachte laut auf. »Wieder daneben geraten! Sie haben verloren! Weiter dürfen Sie nicht mehr raten. Zähmen Sie also Ihre Neugier! Übrigens sind wir schon da! Das hier ist die Hölltalsäge. Sie gehört zu dem großen Bauernhof da drüben, in dem der Bürgermeister wohnt.«

Die Straße führte jetzt in steinigen Windungen bergan. Ein stattlicher Bauernhof stand hier mitten im Grün der Wiesen, windgeschützt von den Bergen, die sich nach allen Seiten hin auftürmten.

Die Leute von der Hölltalsäge hatten offenbar gerade Feierabend gemacht. Sie standen am Bach und wuschen den Schweiß von Gesicht und Händen. Neugierig schauten sie dem fremden Auto entgegen, das mit gemütlichem Gebrumm die Höhe erkletterte und schließlich in den breiten Hofraum des Bergbauernhofes einfuhr.

»Aber eine Tochter dieses Hauses sind Sie wohl nicht?«, fragte der fremde Ingenieur etwas verlegen.

»Nein. Ich danke Ihnen für die Freundlichkeit!«, rief das Mädchen und sprang aus dem Wagen.

»Ganz meinerseits, mein Fräulein!«

»Auf Wiedersehen!«

Das schöne Mädchen eilte in das Haus, als wäre es in der Tat hier daheim.

Martin Rambold blickte sich in der Umgebung um. Es war ein romantisches Hochtal. Berge und Wälder, so weit das Auge reichte. Laut rauschte der Wildbach von den Höhen herunter und stürzte donnernd an dem Sägewerk vorbei, das von einzelnen Bretterarchen und Rundholzstapeln umstanden war.

Die Spuren der letzten Hochwasserkatastrophe waren überall beseitigt. Die Wiesen blühten, von den Weiden kam das Geläute des Almviehs, die alte Säge stand in ihrer neuen Verkleidung unversehrt da. Auf dem Dach steckte noch der Busch, der am Tag der Fertigstellung des neuen und größeren Baues dort angebracht worden war.

Vom Dorf schaute nur der spitze Turm der Kirche herüber.

Ein Knecht schob einen schweren, breitspurigen Wagen durch das Tor des Schuppens. Eine Frau karrte den Mist aus dem Stall.

Neben der Eingangstür des Gehöftes hing eine beschriftete Tafel: »Wohnung des Bürgermeisters« stand darauf.

Martin Rambold ging die ausgetretenen Stufen zur Tür hinauf. Er wunderte sich, dass sich niemand sehen ließ. Man musste doch gehört haben, dass ein Wagen vorgefahren war.

Er klopfte an die erste Tür, die rechts in dem breiten Gang zu finden war, worauf sofort eine tiefe, kernige Stimme zum Eintritt aufforderte.

Der große Raum, den er hierauf betrat, war halb Wohnstube, halb Amtszimmer. Da war auf der Innenseite der dickbauchige, runde Kachelofen mit einer Bank ringsum und darüber das Gestänge; der Herrgottswinkel, über den der Efeu kletterte und das Kreuz fast verbarg. An der Fensterseite standen Regale, ein langer, grüner Tisch, voller Schreib- und Papierzeug.

Und an diesem Tisch saß ein älterer, kräftiger Mann, eine kernige Bauerngestalt. Ein paar forschende Augen unter buschigen Brauen schauten dem Fremden entgegen. Das harte, bartlose Gesicht verriet Eigenwilligkeit und trotzigen Stolz.

»Ich möchte zum Bürgermeister«, sagte der Fremde.

Der Mann am Tisch rückte auf seinem Stuhl zurück. »Der bin ich«, entgegnete er kühl. »Bitte?«

»Mein Name ist Martin Rambold.«

»Rambold?« Einen Augenblick schien es, als hätte dieser Name dem Bürgermeister etwas zu sagen, aber dann verfiel er doch wieder in seine anfängliche Zurückhaltung. »Und?«, fragte er.

»Ich bin beauftragt worden, den Wildbach hier zu verbauen.«

»Ach so! Das ist was anderes!«

Jetzt bekam Christoph Diepolter Interesse an dem Fremden. »Sie hat das Bauamt geschickt?«

»Nein … die Sektion.«

»Bitte, nehmen Sie Platz!«

Martin Rambold rückte den dargebotenen Stuhl zurecht und ließ sich darauf nieder.

Nun saßen sich die beiden Männer gegenüber und taxierten einander. Einer schien des anderen Gedanken erraten zu wollen.

»Kennen Sie den Steinebach?«, fragte Diepolter.

»Nein.«

»Er kommt vom Torkogel herab und macht uns seit mehreren Jahren große Probleme. Bis jetzt haben wir mit wenig Erfolg an seiner Zähmung gearbeitet, obwohl nicht an Geld und Mühe gespart wurde. Haben Sie drüben den

Neubau der Säge gesehen? Es ist das zweite Mal jetzt, dass ich das Werk von Grund auf neu errichten musste. Das Wasser ist diesmal sogar über das Dorf gekommen, und wer im Frühling die Zerstörung gesehen hat, der hätte wohl nicht gedacht, dass das Leben hier überhaupt noch weitergeht. Es ist wie ein Fluch, der auf dem Hölltal liegt!«

Der junge Ingenieur hatte nachdenklich zugehört. »Es gibt heute Methoden, durch die jeder Wildbach gezähmt werden kann, Herr Bürgermeister!«

»Nehmen Sie die Sache nicht zu leicht, junger Mann! Verfolgen Sie erst einmal den Bach in seinem Gefälle, und Sie werden sehen, dass mit diesem Gelände nicht sehr viel anzufangen ist.«

»Ich habe mich freiwillig hierher gemeldet, und wenn ich die rechten Helfer dazu finde, habe ich gar keinen Zweifel, dass auch diesem Wildwasser die Gewalt genommen werden kann!«

Das klang sehr selbstbewusst, sogar ein wenig eingebildet. Christoph Diepolter legte die Stirn in Falten. »Auch?«, sagte er dann. »Haben Sie schon mehrere derartige Aufträge ausgeführt?«

»Ich war im Sperrbachtal, an der Schranne und im Hochgachtfall dabei. Von all diesen gefürchteten Wildwassern hat man bis heute nichts mehr gehört. Es wird mein Ehrgeiz sein, auch dem Steinebach die Kraft zu nehmen!«

»Dazu haben Sie unsere volle Unterstützung, und an wackeren Helfern wird es Ihnen nicht fehlen ...«

In diesem Augenblick läutete das Telefon. Christoph Diepolter nahm den Hörer ab und sprach in die Muschel. Offenbar wurde er von der Gemeindekanzlei, die sich im Dorf befand, angerufen, und der Ton, in dem er dem Mann dort Bescheid gab, war keineswegs höflich ...

Martin Rambold hatte Gelegenheit, die harten Gesichtszüge und das ganze massive Aussehen des Dorfgewaltigen zu studieren. Er kam zu dem Schluss, dass mit diesem Mann wohl nicht gut Kirschen essen war, wenn man sich seinem Willen entgegenstellte.

»Jetzt etwas anderes, Herr, Herr …«, sagte Diepolter, nachdem er den Hörer auf die Gabel zurückgeworfen hatte.

»Rambold, Ingenieur Rambold«, half der Fremde nach.

»Richtig … Herr Rambold, wissen Sie schon, wo Sie wohnen werden?«

»Nein. Ich wollte Sie eben um Ihren Rat bitten. Gibt es ein Gasthaus?«

»Wir haben sogar zwei Wirtshäuser. Mölk ist durchaus nicht so klein, wie es den Anschein hat. Die ganzen Weiler und Einöden, die Sie hier rund herum sehen, gehören zu unserer Gemeinde. Aber Sie werden in keinem dieser Wirtshäuser wohnen, sondern droben am Kapellenberg. Dort hat die Försterwitwe Zäheringer ein hübsches Haus. Die Frau ist allein stehend und wird Sie mit allem versorgen. Sie sind außerdem Ihrem Arbeitsplatz am nächsten. Ist es Ihnen so angenehm?«

»Aber sicher. Wird die Frau mich aufnehmen?«

»Ja … ich habe bereits mit ihr gesprochen.«

»Danke!«

Sie wurden noch einmal gestört.

Ohne sich zuvor bemerkbar zu machen, kam ein etwa achtzehn Jahre altes Mädchen zur Stube hereingelaufen. Sie schenkte dem Fremden nicht die leiseste Beachtung und eilte auf den Bürgermeister zu, um ihm etwas leise ins Ohr zu sagen.

Der Alte zog unwillig die Brauen hoch. Entweder passte ihm das Gesagte nicht, oder er war ungehalten über die Störung.

Der Fremde musterte das junge, heitere Geschöpf,

dem man den Übermut vom Gesicht ablesen konnte. Ein paar hübsche, schalkhafte Augen blinzelten ihn jetzt an – und als sich die Blicke der beiden jungen Menschen kreuzten, ging bei beiden ein wunderliches, unerklärliches Erschrecken vor sich, etwa so, als hätte der eine in dem anderen einen alten Bekannten erblickt, den man seit Jahren nicht mehr gesehen, aber doch nicht aus dem Sinn verloren hatte, mit dem man sich aus irgendeinem unbenennbaren Grund verbunden fühlt.

Einen Augenblick schien es sogar, als wollte sich das Gesicht des Mädchens mit verlegenem Erröten übergießen, und auch der junge Ingenieur fühlte sich befangen. Aber weder er noch das Mädchen konnten sich an eine Begegnung erinnern. Sie waren sich fremd.

Christoph Diepolter bemerkte nichts von diesem verborgenen Vorgang. Er hob den Kopf und richtete sein Gesicht auf das Mädchen, aber ohne es anzusehen. »Nur nicht mit dem Auto!«, sagte er streng.

»Warum nicht?«, fragte sie schmollend.

Sie war offenbar seine Tochter, die genau wusste, auf welche Art sie seinen Widerstand brechen konnte.

»Ich mag nicht, dass du in der Nacht herumfährst!«

»Ich fahr ja gar nicht, Vater … nur von hier bis zum Doktorhaus. Da kann doch nicht viel passieren!«

»Wenn ich dir nur besser vertrauen könnte!«, sagte er. »Unlängst warst du bis drüben in Felden bei deiner Freundin, und mir hast du erzählt, dass du nur bei Doktors warst!«

Das Mädchen errötete und lächelte verschämt.

»Es war halt eine kleine Notlüge, nicht wahr, Fräulein«, mischte sich Martin Rambold ein.

Sie schaute ihn halb dankbar, halb zurechtweisend an. Was ging das diesen Fremden an, auch wenn er es noch so gut mit ihr meinte.

»Übrigens sollst du wissen, dass der Herr dort der Ingenieur ist, der den Steinebach zu verbauen sucht«, sagte der Bürgermeister. »Meine Tochter, Herr Rambold ... Sie werden es sich schon gedacht haben.«

Das Mädchen streifte abermals mit ihrem Blick den fremden jungen Mann, der in seinem derben Aussehen und mit dem sonnengebräunten Gesicht eher einem Bergführer oder Holzfäller glich. »Ach«, sagte sie nur, »daran habe ich nicht gedacht. Entschuldigen Sie!«

»Bitte! Dazu ist keine Ursache!«

Sie wandte sich wieder ihrem Vater zu. »Darf ich fahren?«

»In Gottes Namen«, antwortete der Alte. »Lass es aber nicht wieder so spät werden! Ich kann das nicht leiden!«

Da eilte sie schon davon. »Gute Nacht, Vater! Auf Wiedersehen!«

Christoph Diepolter fuhr sich über die Stirn, als müsste er sich auf die unterbrochene Besprechung besinnen. »Also, Sie werden bei der Witwe Zäheringer gut wohnen und können von dort aus sogar Ihre Baustelle überschauen.«

»Wo liegt der Kapellenberg?«

»Sie fahren hier die Straße weiter, bis Sie droben das Haus stehen sehen. Es ist sonst keins in der Nähe. Der nächste Einödhof liegt mehr als eine halbe Stunde davon entfernt!«

»Ich möchte an den nächsten Tagen den Plan skizzieren und das ganze Gelände in Augenschein nehmen.«

»Sind Sie Bergsteiger?«

»Man kann es so nennen ...«

»Gut, es ist gefährliches Gebiet! Gehen Sie nicht ohne gute Ausrüstung den Berg an!«

»Ich habe alles bei mir.«

»Wenn Sie etwas benötigen, dann kommen Sie zu mir, Herr Rambold. Brauchen Sie einen Helfer?«

»Vorerst nicht. Ich danke Ihnen!«

»Und der Försterin sagen Sie, dass Sie von mir geschickt worden seien!«

»Danke!«

Christoph Diepolter begleitete den Besuch vor die Tür und blieb dort stehen, bis der verstaubte und zerbeulte Wagen des Ingenieurs in rasantem Tempo über den Hof zur Straße hinausfuhr.

»Na, endlich!«, sagte er zu sich. »Wir werden halt sehen …«

Freilich kamen ihm einige Zweifel, ob es diesem jungen Fremdling gelingen würde, dem gefährlichen Wildbach die Fesseln anzulegen. Gewiss, er hatte Mut und sah klug und kräftig aus. Es konnte schon sein, dass er hart an die Gefahr ranging. Aber er war halt auch noch sehr jung. Und in seinem jugendlichen Ehrgeiz glaubte er, Berge versetzen zu können. Man musste abwarten.

Martin Rambold fuhr gemächlich die Passstraße hinauf. Die Staubfahne, die er hinter sich nachzog, ließ ihn im Rückspiegel nichts mehr erkennen. Sie verfolgte ihn die ganze Höhenstraße hinauf.

Dann fuhr er über eine Brücke. Tief unten blitzte schäumendes Wasser. Das war also der Steinebach …

Im Westen kroch jetzt die Sonne groß und feurig die Berge hinab. Der klare, wolkenlose Himmel leuchtete kupferrot auf. Die Berge färbten sich dunkler …

Da sah er zu seiner Rechten eine kleine Feldkapelle stehen. Daher also der Name Kapellenberg, dachte er. Hinter ein paar Bäumen leuchtete das Dach eines Hauses hervor.

Das musste das Haus der Försterwitwe sein, in dem er wohnen sollte. Nicht übel, dachte er. Hier konnte man es aushalten! Freundlich und schmuck schaute das kleine Häuschen hernieder, ein hübsches Pensionistenplätzchen, besonders für einen Förster, der an Wald und Freiheit gewöhnt war! Vielleicht hatte er seinen Lebensabend gar nicht mehr genießen können?

Eine Zufahrtsstraße zweigte ab, aber Rambold hatte noch keine Eile, zu seinem Quartier zu kommen. Er fuhr weiter und wollte die Gegend kennen lernen, in der er diesen Sommer über leben und arbeiten wollte. Das Tal wurde enger. Die Straße führte oft dicht am Gestein des Berges vorbei. Mit starkem Gefälle sauste der Wildbach nieder. Felstrümmer, Schlamm und entwurzelte Bäume ragten aus dem verwilderten Bachbett hervor.

Dann führte die Straße abermals über eine Brücke. Vor ihm lag ein tiefer, dunkler Bergwald, hinter dem ein neues Tal liegen musste oder eine Niederung, denn die Straße fiel jetzt ab.

Da war es ihm, als hätte er hinter sich ein Hupzeichen gehört. Er schaute in den Spiegel, konnte aber nichts sehen, weil eine dichte Staubwolke hinter ihm aufstieg.

Noch einmal vernahm er die Hupe, lang und laut.

Da hielt er an und schaute zurück. Aber bis zur nächsten Straßenbiegung war nichts zu sehen, kein Mensch, kein Auto. Wer konnte als Fremder wissen, wohin diese Straße führte und wo sie endete?

Er fuhr trotzdem weiter.

Bevor die Straße wie durch eine schwarze Türöffnung in den Wald hineinführte, stieß er auf einen Wegweiser. Er hielt an und versuchte die regenverwaschene Schrift zu entziffern.

»Zum Weißhaus eineinhalb Stunden«, buchstabierte er mühsam.

Das Weißhaus war ein Grenzgasthof neben den Zollschranken. Er war selbst schon einmal dort eingekehrt, als er vor mehreren Jahren mit einer Jugendgruppe von Reutte herübergekommen war.

Aber hier, in diesem Tal und in dieser von Wasser ausgeschwemmten und unterhöhlten Wildnis war er noch nicht gewesen. Er wunderte sich, wie die Leute vom Hölltal, vornehmlich die von Mölk, die Bösartigkeiten dieses Wildbaches so lange auszuhalten vermocht hatten. Waren sie zu stolz gewesen, um die Regierungsstellen um Hilfe anzugehen? Oder lag es allein an der Unkenntnis der Sachlage, dass sie bis heute den Kampf gegen diese Naturgewalt allein führten?

Martin Rambold verweilte noch ein wenig in der Einsamkeit dieser Bergwildnis. Er lauschte dem Rauschen und Zischen des Wildwassers, das drüben durch eine Felsenge stürzte.

Gleich morgen wollte er an der Überböschung und den Wehrmauern hinaufsteigen und alle Möglichkeiten einer planvollen Verbauung erwägen und errechnen.

Er wendete den Wagen und fuhr langsam die Straße zurück. Hier und da hielt er noch an, um diese oder jene Auffälligkeit genauer zu betrachten oder über das Gelände der Brücke hinweg auf die Strudel des reißenden Wildbaches hinabzuschauen.

Hinter ihm türmte sich der Torkogel mit seinem schimmernden Gletscher auf. Von dort kam der Bach herab und führte die wilde Kraft mit sich, die er aus der Urgewalt der Natur schöpfte.

Langsam erlosch das Glühen der Bergspitzen, als würde von unsichtbarer Hand Licht um Licht dort oben ausgelöscht. Die Sonne war gesunken, es fing an zu dämmern.

Nun war es Zeit, dass er zu seinem Quartier kam! Nicht, dass er die gute Försterwitwe aus dem Bett rufen musste.

Er fuhr noch ohne Licht, obwohl die Sicht schon schlecht war. Als ihm aber zwei schwache Lichtpunkte entgegenkamen, schaltete er die Scheinwerfer ein.

Er wartete jedoch vergeblich auf die Begegnung mit einem entgegenkommenden Wagen. Die Lichter bewegten sich nicht vom Fleck. Langsam fuhr er heran und sah zwei Gestalten auf der Straße stehen, die ihn mit Handzeichen zum Halten aufforderten.

Er war nicht wenig erstaut, als er in ihnen zwei weibliche Wesen erkannte – und sein Erstaunen wuchs noch mehr an, als er ihre Gesichter zu erkennen vermochte. Sie waren ihm beide bekannt: Die eine, etwas kleinere und rundlichere war die Tochter des Bürgermeisters, mit der er in der Stube des stattlichen Bauernhofes zusammengetroffen war, und die andere war die schöne Unbekannte, die er erstmals in Mölk nach der Wohnung des Bürgermeisters gefragt hatte.

Welch ein Zufall! Er hielt an und sprang aus dem Wagen.

»Entweder sind Sie schwerhörig oder ein ganz schlechter Kavalier!«, sagte die Bürgermeistertochter nicht ohne Bitterkeit. »Zuerst stauben Sie uns ein, dass einem der Atem wegbleibt ... und als wir stecken bleiben und Ihnen Hupsignale nachschicken, fahren Sie einfach davon!«

»Aber, meine Damen, Sie müssen mir schon erklären ...«

»Das habe ich bereits getan, Herr Ingenieur! Wenn Sie etwas von Motoren verstehen, dann sehen Sie doch bitte nach, was meinem Wagen fehlt, dass er einfach nicht mehr gehen will!«

»Ach, jetzt versteh ich!«, sagte er. »Sie sind hinter mir hergefahren?«

»Ja, wir wollten zum Weißhaus hinüber.«

»So viel ich unbeabsichtigt mitbekommen habe, wurde Ihnen von Ihrem Vater die Erlaubnis hierzu nicht gegeben!«, scherzte er.

»Dann haben Sie gut aufgepasst! Übrigens haben Sie

Ihr Ziel auch überfahren! Die Försterin hat ihr Haus dort auf dem Kapellenberg!«

»Danke! Aber ich bin mit voller Überlegung noch auf der Straße geblieben, weil es mir noch zu früh war, das Quartier aufzusuchen, falls die Witwe mich gleich zu Bett schicken sollte. Und diesem Umstand haben Sie es zu danken, dass Sie mich noch anhalten konnten. Wer könnte sonst Ihren Wagen wieder in Gang bringen?«

»Können Sie es denn?«, fragte nun die andere, sie war groß und schlank.

»Bestimmt. So viel muss ein Autofahrer schon können, sonst soll er zu Hause bleiben!«

»Wenn Sie damit mich meinen, finde ich Ihre Art wenig galant!«, sagte die Bürgermeistertochter.

»Oh, daran dürfen Sie sich nicht stoßen! Ich gehöre zu jenen Menschen, die nur das aussprechen, was sie denken oder so denken, wie sie sprechen. Es ist eine etwas unbequeme Art, dafür aber eine ehrliche. So ... und nun wollen wir sehen, was Ihrem Vehikel fehlt. Pardon! Das ist ja ein fast neuer Wagen!«, setzte er hinzu. Dann öffnete er die Motorhaube. »Hoffentlich haben Sie wenigstens etwas Benzin im Tank!«

»Wo denken Sie hin!«

»Sie brauchen sich nicht zu entrüsten, liebes Fräulein! So etwas kommt vor, besonders bei Anfängerinnen! Bitte, lassen Sie den Motor an!«

»Ich habe Ihnen doch gesagt, dass er nicht geht!«

Er wischte das Messer ab, mit dem er den Unterbrecher gereinigt hatte. »Vielleicht geht er jetzt.«

»Sie haben doch noch gar nichts gemacht!«

»Doch!«

Sie drehte den Zündschlüssel ... und der Motor sprang an. »Wirklich!«, rief das Mädchen erfreut. »Wie haben Sie das nur gemacht? Einfach wunderbar!«

»Sind wir wieder versöhnt?«, lachte er.

»Ich war Ihnen nicht böse!«

Er klappte die Motorhaube zu. »Und nun wünsche ich Ihnen eine gute Fahrt!«

»Danke! Aber erzählen Sie dieses Malheur nicht gleich meinem Vater, wenn Sie mit ihm zusammentreffen sollten!«, bat sie.

»Wenn Sie mich darum bitten, wird er von mir nichts erfahren.«

»Vielleicht kann ich auch einmal etwas für Sie tun«, erbot sie sich. »Besonders, wenn Sie mit meinem Vater zu tun haben. Er ist ein schwieriger Mann. Aber ich kann viel bei ihm erreichen!«

»Ich rechne nicht damit, Ihre Hilfe in Anspruch nehmen zu müssen, aber ich danke Ihnen für den guten Ratschlag.«

Das Mädchen wandte sich an seine Begleiterin. »Komm, Juliane, wir steigen ein! – Besten Dank, Herr Ingenieur!«

»Keine Ursache! Gute Nacht!«

Die Mädchen nickten ihm noch einmal zu und fuhren in Richtung Weißhaus davon.

Martin Rambold wurde von der Försterwitwe freundlich aufgenommen. Sie war bereits davon unterrichtet, dass sie dem Ingenieur Kost und Logis gewähren sollte, und hatte schon auf ihn gewartet.

Sie machte den Eindruck einer standesbewussten, etwas ehrsüchtigen Matrone, die bei jedem Wort und in allen ihren Bewegungen auf den guten Ton bedacht war. Ihr verstorbener Mann war über drei Jahrzehnte lang Revierförster von Mölk gewesen und hatte den Dorfhonoratioren angehört. Als die Zeit der Pensionierung herankam, hatte er sich auf dem Kapellenberg ein Häuschen gebaut, denn er musste das Försterhaus räumen und seinem Nachfolger Platz machen. Aber er kam kaum mehr in den Genuss der wohl verdienten Ruhe, denn bald nach dem Einzug in sein Haus starb er an einem Herzinfarkt.

Das alles erfuhr Martin Rambold schon am ersten Abend, als er mit der Frau noch eine Weile in der behaglich eingerichteten Wohnstube zusammensaß. Er fühlte, dass sie das Bedürfnis hatte, sich einmal alles von der Seele zu reden. Die Einsamkeit mochte ihr oft schwer genug fallen.

Sie gestand ihm auch, dass sie sich freue, wieder einmal einen Menschen um sich zu haben. Ihre beiden Töchter waren schon verheiratet und lebten weiter entfernt. Eine hatte einen Lehrer, die andere einen Förster zum Mann. Beide wollten die einsame Mutter zu sich in die Familie nehmen, aber die wollte nicht.

»Einen alten Baum versetzt man nicht!«, sagte sie. »Und wer würde das Grab meines Mannes pflegen, das im Friedhof von Mölk liegt?«

Zwei Zimmer hatte die Frau dem jungen Ingenieur zur Verfügung gestellt. Sie lagen im oberen Stockwerk. In dem einen konnte er schlafen, in dem anderen wohnen und arbeiten.

Er hatte es wirklich gut getroffen, und er war der alten Försterin dankbar dafür.

Als er in dieser ersten Nacht noch eine Weile unter dem geöffneten Fenster seiner Schlafkammer lag und in die Dunkelheit horchte, die nur vom Rauschen des Wildbaches erfüllt war, dachte er über den sonderbaren Tag nach.

Wunderlich war eigentlich nur die Begegnung mit der Tochter des Bürgermeisters gewesen. Hier hatte er den unleugbaren Eindruck gehabt, nicht irgendeinem fremden Menschen das erste Mal gegenüberzustehen. Aber das Mädchen war ihm genauso unbekannt gewesen wie alle anderen Menschen, auf die er in diesem welt- und gottverlassenen Hölltal gestoßen war. Was hatte das zu bedeuten? Etwa eine Liebe auf den ersten Blick?

Hatte er sich nicht unsinnig gefreut, als er dann noch einmal auf der Straße mit ihr zusammentraf? Und welch ein Zufall, dass ihr Wagen diese kleine Panne erlitten hatte! Herrgott, noch einmal! Hatte ihn da nicht der Schalk gepackt? Mit jedem Wort, das er sprach, wollte er sie necken und reizen. Am liebsten hätte er mit ihr gestritten, dass die Erde bebte, um ihr dann am Schluss den Zorn von der Stirn zu streichen.

Nein, so ein Gefühl hatte sich noch nie in ihm geregt. Er musste sie wieder sehen!

Doch der folgende Tag brachte keine Überraschung mehr. Er galt bereits der Arbeit, und als Martin Rambold am Abend in sein Quartier heimkam, fühlte er sich ernsthaft müde. Seine Hauswirtin hatte auf das Beste für ihn gesorgt.

Er warf die Schuhe ab, nahm ein Bad und fühlte sich gleich wieder frischer. Es waren unvorstellbar schwierige Wege gewesen, die er heute am Gefälle des Wildbaches hinauf genommen hatte.

Mit gesundem Appetit nahm er das Abendessen ein und streckte dann die Füße von sich.

»Ich fürchte beinahe, dass Sie mich verwöhnen, Frau Oberförster«, sagte er. »Ich komme aus einfachem Haus und kann schon auf dieses oder jenes verzichten! Deshalb sollen Sie sich meinetwegen keine Mühe machen!«

»Lassen Sie mich ein wenig für Sie sorgen! Das tut meinem einsamen Herzen wohl.«

Und so gab es jeden Abend zwischen den beiden noch ein kleine Unterhaltung. Er erzählte ihr seine Erlebnisse und vom Kummer, den er seiner Mutter bereitet habe, als er zuerst während des Studiums gar nichts gelernt hatte, obwohl er sich vollauf bewusst gewesen war, wie hart es seiner Mutter fiel, ihm diesen Weg zu finanzieren. Lieber wäre er ein Bauer gewesen auf einem Berghof, umgeben von Wäldern und blühenden Wiesen, hinter denen die Gletscher der steinernen Alpengiganten hervorschauen.

»Sie sprechen nur von Ihrer Mutter. Lebt Ihr Vater nicht mehr?«, fragte sie.

»Auch meine Mutter ist schon tot. Sie hat gerade noch erleben dürfen, dass ich mit Erfolg mein Studium beendete.«

»Und Ihr Vater?«

Er wurde ein wenig verlegen und zögerte. »Ja, sehen Sie, Frau Oberförster, das ist ein unangenehmes Kapitel. Jedes Mal, wenn ich von meinem Vater sprechen soll, ist mir, als müsste es zur Schande meiner Mutter sein. Ich habe meinen Vater nie gesehen und trage den Namen meiner Mutter.«

Da wusste die Frau Bescheid, und sie bereute jetzt, überhaupt gefragt zu haben. »Dann haben Sie niemanden mehr auf dieser Welt?«

»Nein.«

»Haben Sie nie nach Ihrem Vater geforscht?«

»Wozu? Er hat sich nicht um mich gekümmert. Woher soll da eine Sehnsucht kommen?«

Von diesem Tag an nahm sich die gute Witwe noch mehr ihres Hausgenossen an. Sie wollte ihm offenbar das Zuhause bereiten, das er nie besessen hatte.

Er fühlte es, und es tat ihm fast Leid, dass sie sich so viel Arbeit machte. Sie war doch schließlich schon etwas älter. Und er konnte es ihr nicht vergelten.

Doch wenn sie ging, das Geschirr abzuwaschen, da stand er auf, griff nach einem Tuch und half tüchtig mit. Er bohnerte die Böden, bis sie glänzten, klopfte die Teppiche und trug das Brennholz in die Küche.

Sie ließ es geschehen, weil sie wusste, dass ihn dieses Mithelfen freute.

So gestaltete sich ein recht gutes und inniges Verhältnis zwischen diesen beiden grundverschiedenen Menschen, die sich vor kurzer Zeit noch nie gesehen hatten.

Einmal kamen sie auf Christoph Diepolter, den Bürgermeister von Mölk, zu sprechen. Er war gegen Abend noch da gewesen, um nach dem Stand der Arbeit des Ingenieurs zu schauen und seine Ansicht zu hören. Dabei hatte Martin Rambold das Gefühl, dass dieser Mann nicht nur einen harten und eigenwilligen Bauernschädel hatte, sondern auch von einer groben, brutalen Art sein konnte, wenn man ihm widersprach.

»Mein Gott, wer das Schicksal dieses Mannes kennt, der wundert sich nicht so sehr über sein düsteres, barsches Wesen«, erklärte die Frau. »Freilich gilt er als der reichste und mächtigste Bauer des ganzen Hölltals. In seiner Säge beschäftigt er das ganze Jahr über vier bis fünf Arbeiter, sein Bauernhof zählt an die zwei Dutzend Kühe, dazu kommen einige hundert Tagwerk Wald. Aber daran liegt es nicht, mein Junge! Ich weiß noch, wie er mit einer reichen Müllertochter aus dem Unterland Hochzeit machte. Nach einem halben Jahr stürzte seine Frau, die in anderen Umständen war, von der Heubühne auf die Tenne und brach sich das Genick. Nach einem Jahr holte er eine zweite Frau ins Haus. Sie stammte ebenfalls aus einem vermögenden Gut und brachte sogar ein großes Waldstück mit in die Ehe. Kurz nach der Geburt des ersten Kindes starb sie an einer Blutung …«

»Dann ist sicher das Mädchen dieses Kind gewesen?«

»Ja, die Eva. Sie ist auch das einzige Kind geblieben. Christoph Diepolter hat nicht mehr geheiratet. Jedenfalls hat er es nicht mehr gewagt. Aber dann ging die Not mit dem Steinebach an. Zweimal hat das Hochwasser das Sägewerk weggerissen, zweimal stand sein Hof bis zu den Fenstern hinauf im Wasser und musste geräumt werden.«

Martin Rambold hörte aufmerksam zu. »Wie ist er zu seiner Tochter?«, wollte er plötzlich wissen.

»Sie kann sich nicht beklagen. Sie hat ein glückliches Wesen und versteht wohl auch, sein Herz zu bewegen. Im Dorf ist er wenig beliebt, aber er ist ein kluger und mächtiger Mann, deshalb wird er immer wieder zum Bürgermeister gewählt. Es heißt, man hätte es allein ihm zu verdanken, dass endlich einmal von der Seite des Staates etwas gegen den Wildbach unternommen werde.«

»Dann ist die Tochter die alleinige Erbin der ganzen Besitzungen?«, fragte Rambold.

»Was sonst? Es ist ja sonst niemand da!«

Der junge Ingenieur schwieg.

»Kennen Sie die Eva?«

»Nur flüchtig. Ich habe sie am Tag meiner Ankunft gesehen.«

»Sie ist ein kluges Mädchen. Bis vor wenigen Jahren war sie in einem Internat. Aber was hat sie von all dem? Sie wird doch einmal Bäuerin werden müssen!«

Martin Rambold nickte.

Schon zwei Wochen später waren die Arbeiten der Wildbachverbauung in vollem Gange. Martin Rambold hatte von der Sektion einige Stammarbeiter angefordert, und Christoph Diepolter hatte an die Leute von Mölk und an die umliegenden Dörfer einen Aufruf erlassen zur Mitarbeit.

So kamen ein paar starke Kolonnen von kräftigen Männern und Burschen zusammen, mit denen sich schon etwas bewegen ließ. Baracken wurden aufgestellt, zerlegbare Bauhütten, in denen sogar die fremden Arbeiter untergebracht werden konnten.

Die Arbeiten selbst gestalteten sich äußerst schwierig, denn das wilde, zerklüftete Felsengebiet, durch das der Wildbach niederstürzte, war nicht ohne Gefahr zugänglich. Und doch mussten auch hier die mächtigen Stufen und Talsperren gebaut werden.

Nun war der junge Ingenieur Martin Rambold in seinem Element. Er begnügte sich nicht nur mit der Leitung und Beaufsichtigung der Arbeiten, sondern griff überall selbst mit zu, und dort, wo es am gefährlichsten war und am härtesten zuging, war er an vorderster Stelle zu finden.

So schritt das Werk in unbeschreiblich mühsamer Arbeit fort. Wenn der Tag zu Ende war, sah man kaum einen Fortschritt, und doch hörte man unermüdlich die Bäume stürzen, die Steine rollen und die Hämmer auf die Verrammungen niedersausen.

Ein neues Bachbett wurde geschaffen, das den gefährlichen Wildbach für alle Zeiten zähmen sollte. Manch einer, der sich am Anfang zur Arbeit gemeldet hatte, teils von der gebotenen Entlohnung angelockt, teils im Pflichtbewusstsein, seinen Beitrag zur Behebung der heimatlichen Not zu leisten, zog nach einigen Wochen wieder ab.

Daran war nicht nur allein die schwere und gefährliche Arbeit schuld, sondern auch das ungewöhnliche, rücksichtslose Verhalten des Ingenieurs und der barsche Ton, mit dem er seine Leute anschrie, wenn es um letzte Kraftaufwendungen ging.

Aber es kamen immer wieder neue Arbeiter, oft sogar von weit her, es waren Leute, die ein paar Wochen lang gut bezahlte Arbeit suchten, um dann wieder ihren Platz zu wechseln.

Nur der Ingenieur und seine Stammarbeiter hatten durchzuhalten bis zum Ende.

Es kamen Regentage, an denen die Arbeit niedergelegt werden musste, es kamen Gewittergüsse, die wieder zerstörten und zunichte machten, was in tagelanger, mühsamer Arbeit errichtet worden war.

Das alles musste mit einkalkuliert werden, denn bis zum Winteranfang, wenn die Fröste einfielen, sollte das Werk stehen.

Konnte denn niemand Verständnis dafür haben, welche Verantwortung der junge Ingenieur Martin Rambold zu tragen hatte? Wollte niemand einsehen, dass alles, was er von seinen Leuten verlangte, ihm von höherer Stelle vorgeschrieben war?

An den Sonntagen, wenn die Arbeit ruhte, ging Martin Rambold hinab ins Dorf. Er besuchte mit den Leuten von Mölk den Gottesdienst und kehrte anschließend in eines der beiden Wirtshäuser ein, wo jeweils eine Anzahl Bauern zum Frühschoppen zusammen kamen. Langsam bekam er Kontakt mit den Leuten, die dem Fremdling zunächst sehr zurückhaltend begegnet waren. Er hatte etwas an sich, wodurch er eine gewisse Scheu bei seinen Mitmenschen erregte. Vielleicht lag es an seinem rauen, schroffen Wesen und an seinem strengen, etwas düsteren Blick. Er war ein Fremdling von eigentümlicher Art.

Und darunter hatte er zweifellos zu leiden. Immer schon; denn in seiner Jugend war er auch immer ein Einzelgänger gewesen. Mein Gott, was wussten die Menschen denn von seinem Schicksal, von der Härte, mit der das Leben ihn angefasst hatte.

Aber weshalb machte er sich Gedanken darüber? Konnte es ihm nicht gleichgültig sein, was und wie die Menschen hier von ihm dachten? Seine Aufgabe war, den Wildbach zu zähmen, und genau das wollte er tun, wenn sich ihm auch die größten Schwierigkeiten von der Natur und von den Menschen entgegenstellten.

Aber sein Einstand in Mölk hatte sich eben so romantisch gestaltet. Die Begegnung mit Eva, der Tochter des

Bürgermeisters, hatte so seltsame Empfindungen in ihm wachgerufen, dass er sich plötzlich bis in die Seele hinein erschüttert fühlte. Eine Unruhe war in ihm aufgebrochen, die durch nichts mehr beschwichtigt werden konnte.

Wie töricht! Er war hier doch nur ein Fremdling – und wenn er seine Arbeit getan hatte, dann ging er wieder aus dem Hölltal fort und war wieder von anderen Menschen umgeben, denen er gleichfalls fremd war.

Er war allein und ein Fremdling auf der Welt.

Am Gemeindehaus versammelten sich nach dem Gottesdienst die Bauern, um die Bekanntmachungen zu hören, die von Christoph Diepolter verlesen wurden. Martin Rambold stellte sich ebenfalls eine Weile dazu, aber es waren nur Anzeigen und Hinweise, die die gemeindlichen Anliegen betrafen.

Er sah eine Gruppe von Arbeitern zusammenstehen, die alle schon droben am Wildbach ihr Geld verdient hatten, aber längst wieder abgezogen waren. Er merkte, wie einer den anderen in die Seite stieß, als sie ihn erblickten. Weiß Gott, was er ihnen getan hatte, dass sie ihn nicht einmal mehr grüßten.

Martin Rambold verließ den Platz und ging durch das stille Dorf. Er hörte die tiefe, kernige Stimme Diepolters hinter sich herklingen, immer noch die Bekanntmachungen ablesend.

Es waren lauter ansehnliche Gehöfte, die zur rechten und linken Seite der Straße standen. Überall war sauber und sonntäglich aufgeräumt. Hier und dort standen ein paar Menschen zusammen, die bei frohem Nichtstun in den sonnigen Tag schauten und nur darauf zu warten schienen, bis die Bäuerin zum Essen rief.

Von überall her schauten ihm neugierige Gesichter nach, obwohl doch jedes Kind schon wissen musste, wer er war. Oder sah denn schon jeder Bewohner dieses Orts in ihm einen Feind? Hatten sie sich vorgestellt, dass man einen Wildbach, der von den Gletschern des Torkogels herabstürzte, nur in aller Gemütlichkeit bezähmen konnte? Hatten sie denn nicht selbst erfahren, wie sehr man sich engagieren musste, wenn man diesem Wildwasser auf den Leib rücken wollte. Außerdem war bis heute alles vergeblich gewesen, was an Mühe und Arbeitskraft aufgebracht worden war. Immer wieder hatte der Steinebach die Fesseln gesprengt und war über den Besitz und das Leben der Menschen gekommen.

Warum hatte man keine Geduld? Warum wollte man ihm plötzlich nicht mehr vertrauen?

Man sah in ihm wieder den Fremdling, als der er vor mehreren Wochen ins Tal gekommen war.

Am Ausgang des Dorfes sah er ein Haus, das in Form und Stil von den übrigen Gebäuden abwich. Es war hochgiebliger und hatte größere, mit Gardinen behangene Fenster. Es stand etwas von der Straße zurück und war von einem gepflegten Garten umgeben.

Zunächst hielt er dieses Haus für den Pfarrhof und wunderte sich nur, dass er so weit von der Kirche entfernt war – aber da entdeckte er am geschlossenen Zauntor eine Tafel: »Dr. Hans Erber, praktischer Arzt und Geburtshelfer« stand darauf.

Mölk hatte also einen Arzt und sogar ein Doktorhaus. Freilich, das Dorf lag sehr abgelegen, und wenn die Menschen ärztliche Hilfe brauchten, hätten sie sie weiß Gott wo herholen müssen. Es war bestimmt gut, dass es einen Arzt gab, der sich in dieser Weltabgeschiedenheit niedergelassen hatte. Gewiss war er ein Naturfreund, der die Berge liebte und den Winter und die Einsamkeit nicht fürchtete.

»Dr. Hans Erber ...«, las er noch einmal und ging weiter.

Da sah er im Garten über den Zaun hinweg ein Blitzen. Auf das polierte Dach eines neuen Autos schien die Sonne.

Er hielt überrascht den Schritt an. Diesen Wagen kannte er doch. Oder gab es einen zweiten dieser Art im Dorf? Hatten der Bürgermeister und der Arzt denselben Geschmack und fuhren den gleichen Opel?

Kaum! Sicher war die Tochter Diepolters unterwegs und hatte ihren oder des Vaters Wagen hier geparkt.

Martin Rambold wurde plötzlich ganz aufgeregt. Aber er konnte hier nicht stehen bleiben! Man hätte ihn durch die Fenster des Hauses sehen können …

Da flog am Haus auch schon die Tür auf. Eva Diepolter kam in ihrem duftigen Festtagskleid heraus, das ihr übrigens nicht so gut stand wie das schmucke, ländliche Dirndl, in dem er sie das erste Mal sah. Er hätte sie beinahe nicht erkannt. Sie sah aus wie eine junge Dame.

»Herr Ingenieur!«, rief sie. »Einen Moment!«

Er zog grüßend den Hut und blieb stehen. Er sah, wie sie sich von jenem anderen Mädchen verabschiedete, von dem er nur wusste, dass sie Juliane hieß. Offenbar waren sie gute Freundinnen, und jenes andere Mädchen war wohl die Tochter des Arztes?

Die Bürgermeistertochter sprang in den Wagen, ließ den Motor an und fuhr über den Hinterhof hinaus auf die Straße. Es hatte den Anschein, als wollte sie davonfahren und ihn stehen lassen, so, als hätte sie ihn necken wollen.

Aber dann hielt sie an. »Wollen Sie einsteigen?«, fragte sie.

»Es kommt darauf an, wohin Sie fahren!«

»Wohin Sie wollen. Es ist noch Zeit bis zum Essen, wir können noch ein wenig herumstreunen.«

Er stieg ein. »Es wundert mich, dass Sie nicht daheim sein müssen, ich meine zum Kochen und dergleichen.«

»Ach, das besorgt die Babsi! Sie würde es nicht gern sehen, wenn ich ihr helfen oder reinreden wollte.«

Sie steuerte den Wagen hinaus auf die Landstraße. Ab und zu kam ihnen jetzt ein anderes Fahrzeug entgegen, das dem Gebirge und der Grenze zufuhr.

»Es war ein netter Zufall, dass Sie gerade vor dem Doktorhaus standen!«

»Sicher! Es war ein netter Zufall!«

Sie schaute ihn von der Seite schalkhaft an. »Oder sind Sie mir nachgegangen?«

»Wie konnte ich wissen, dass Sie beim Doktor sind?

»Ich stelle immer den Wagen hier ab, wenn ich zur Kirche fahre. Immer darf ich nicht, es kommt jeweils darauf an, in welcher Laune sich mein Vater befindet. Wissen Sie übrigens, dass mein Vater recht böse auf Sie ist?«

»Ich kann es mir denken. Man wird bestimmt schon häufig Klage über mich geführt haben …«

»Jawohl, das hat man. Die Leute sagen, dass Sie bei der Arbeit zu grob seien.«

»So?«

»Und Sie würden keiner Gefahr aus dem Weg gehen.«

»Auch das noch? Ich bin also der reinste Unmensch, nicht wahr?«

»Sie sollten nicht scherzen, Herr Ingenieur. Wohin kann es führen, wenn man sich bei allen Menschen unbeliebt macht!«

»Dann sind auch Sie mir schon böse?« Sie antwortete nicht gleich. »Ich muss gestehen, am ersten Abend, als ich Sie kennen lernte, waren Sie mir sympathischer.«

»Da war ich gewissermaßen noch auf Urlaub … aber dann ging die Arbeit los. Was meinen Sie, was seitdem schon alles geleistet wurde? Aber das sehen die Leute nicht, sie schimpfen nur; den einen dauert es zu lange, den anderen bin ich zu grob!«

»Sie dürfen jetzt nicht kapitulieren!«

»Das will ich auch nicht.«

»Ich habe es Ihnen nur gesagt, damit Sie sich danach richten können! Es wäre mir nicht Recht, wenn Sie plötzlich abberufen würden und an Ihrer Stelle ein anderer käme!«

Er schaute sie überrascht an. »Wurde vielleicht auch schon davon gesprochen?«

»Nein, nein! Das sind meine eigenen Überlegungen. Es würde mir Leid tun, wenn Sie mitten in Ihrer Arbeit abtreten müssten!«

»Da machen Sie sich ganz unnötige Sorgen, liebes Fräulein! So einfach geht das nicht mit einem Nachfolger. Was meinen Sie, wie lange hier die Arbeit ausgeschrieben war, ohne dass sich einer dazu bereit fand, sie auszuführen? Vor den Schwierigkeiten, die sich einem in diesem Gebirge entgegenstellen, schreckt jeder zurück. Ich habe mich gemeldet, weil es mich reizte, mit dieser ungeheuren Naturkraft fertig zu werden. Und ich werde bestimmt auch damit fertig! Man muss mir nur Zeit lassen. Ich sage Ihnen, wenn ich heute von hier weggehe, läuft die Katze auf den alten Füßen, und bei der nächsten Unwetterkatastrophe kommt das Wildwasser wieder mit seiner ganzen Zerstörungsgewalt über das Tal und das Dorf. Aber ich werde nicht gehen! Ich trotze der Gewalt der Natur und der Böswilligkeit der Menschen. Ich werde mit Ihrem Vater sprechen und ihn zur Rede stellen! Bitte, fahren Sie mich zu Ihrem Haus!«

»Sind Sie verrückt geworden?«, rief sie erschrocken. »Kennen Sie meinen Vater in seinem Zorn? Davor sollten Sie sich hüten!«

»Kennen Sie mich in meinem Zorn? Nein, denn sonst würden Sie mir nicht davon abraten. Was habe ich schon zu fürchten? Ich stehe mutterseelenallein auf der Welt.

Kein Hahn würde nach mir krähen, wenn ich heute mein Bündel schnürte und drüben über die Grenze ginge!«

»Haben Sie keine Eltern? Keine Geschwister?«

»Nein.«

»Keine Braut?«

»Auch nicht ...«

Ihre Augen funkelten. Die Sonne schien durch die Windschutzscheibe herein in den Wagen und brannte im Gesicht.

»Etwas anderes, Eva: Das Mädchen vom Doktorhaus ist wohl Ihre Freundin?«

»Ja! Gefällt sie Ihnen?«, setzte sie schelmisch hinzu.

»Sicher ... mir gefallen alle ernsten Menschen, die mit unerschrockenem Gemüt im Leben stehen!«

»Ernst bin ich gerade nicht, aber fürchten tu ich mich auch nicht. Habe ich dann wenigstens ein kleines Stück Ihres Wohlwollens?«, scherzte sie.

»Nicht nur halbwegs ...«

»Sondern?«

»Sie sind eine Hexe! Soll ich Ihnen eine Liebeserklärung machen, damit Sie mich auslachen können?«

»Wer sagt Ihnen, dass ich darüber lachen würde?«

»Mein Verstand, verehrte Dame! Ich lasse mich nicht gern aus meinem Bunker locken, damit man mich fangen kann! Sagen Sie mir lieber noch, ist Ihre Freundin die Tochter des Arztes?«

»Komisch, welches Interesse Sie an meiner Freundin haben!«

»Es ist nur wegen der Orientierung.«

»Sie ist nicht die Tochter, sondern die Schwester Doktor Erbers. Sie hilft ihm in der Praxis. Sie hat selbst eine Weile Medizin studiert, musste aber damit aufhören, weil sie krank wurde. Eine Lungengeschichte. Aber die ist inzwischen ausgeheilt. Die Luft hier bekam ihr gut, obwohl das Klima oft rau und der Winter hier lang ist. Sind Sie zufrieden?«

»Ich danke für die Auskunft. Und jetzt möchte ich zu Ihrem Vater. Glauben Sie, dass er schon daheim ist?«

»Möglich. Bis wir ins Dorf zurückkommen, vergeht noch eine Weile. Wir haben fast das ganze Hölltal durchfahren!«

»Und haben nichts davon gesehen!«

»Vor lauter Reden! Und jetzt schauen Sie in die Berge, und sagen Sie nicht, dass unsere Welt nicht schön ist!«

Martin Rambold hatte es schlecht getroffen mit dem Zeitpunkt seines Besuches. Christoph Diepolter war heute ohnehin voller Ärger und Verdruss. Es gab im Dorf ein elternloses Kind, einen zwölfjährigen Jungen, der auf Kosten der Gemeinde von einer Pflegemutter aufgezogen wurde. Seine richtige Mutter, eine ledige Arbeiterin, war eines Tages bei Nacht und Nebel davongelaufen und hatte das Kind zurückgelassen. Alle Nachforschungen nach ihr waren ergebnislos geblieben, und über den Vater hatte man von Anfang an nichts gewusst. Es blieb der Gemeinde nichts anderes übrig, als den Jungen der öffentlichen Wohlfahrt zu übergeben. Eine alte, arme Witwe nahm sich des Jungen an und ließ ihm die nötige Pflege angedeihen, wofür sie aus der Gemeindekasse ein monatliches Pflegegeld erhielt.

Das ging recht und schlecht über mehrere Jahre so dahin. Der Junge kam in die Schule, er wurde größer und musste bald bei diesem, bald bei jenem Bauern die Kühe zur Weide treiben. Da kam er nicht immer an einen guten Platz – und da er von Natur aus ein trotziger, rauflustiger Schlingel war und allerlei Stückchen lieferte, setzte es so manche Ohrfeige. Seine Pflegemutter, die ihn kaum mehr zügeln konnte, zog ihre Pflege zurück und wollte nichts mehr von diesem undankbaren Geschöpf wissen. Der Junge kam zu einem Bauern, der gleich mit fester Hand die Erziehung übernahm.

Aber eines Tages riss der Junge aus und war verschwunden. Wenige Tage später griff die Polizei ihn auf und brachte ihn nach Mölk zurück.

Gerade an diesem Sonntag, als Martin Rambold den Bürgermeister aufsuchen wollte, war der kleine Ausreißer wenige Minuten zuvor auf dem Hof des Diepolter abgeliefert worden.

In zerrissener Kleidung, das Gesicht verschmiert und schmutzig, Spuren von getrockneten Tränen darin, das Haar zerzaust und ungeschnitten, so saß der Junge auf der Fensterbank und ließ die Strafpredigt des Bürgermeisters über sich ergehen, als der Ingenieur an die Tür klopfte und auf das unwirsche »Herein« die Stube betrat, zum Glück des kleinen Strolches, der dadurch wenigstens für den Augenblick der Wut des ergrimmten Mannes entging.

»Ich störe hoffentlich nicht?«, sagte Martin Rambold.

Christoph Diepolter nahm die Hand zurück und streifte mit einem flammenden Blick den Ingenieur. »Gibt es etwas Besonderes, dass Sie mich ausgerechnet heute aufsuchen?«

»Ja – wenigstens halte ich es für dringend …«

Das Dorfoberhaupt warf einen Blick auf den Jungen und wusste im Moment nicht, was er anfangen sollte. »Ach, dass man sich damit auch noch abgeben muss!«, stöhnte er. »Kerl, was fange ich bloß mit dir an?«

»Was ist mit dem Jungen?«, fragte Martin. »Er sieht aus wie ein auf dem Kirmesplatz verloren gegangener Sprössling!«

»Ein Gauner ist er!«, zürnte Diepolter und streifte mit einem bösen Blick die junge Gestalt. »Davongelaufen ist er … eben hat die Polizei ihn zurückgebracht.«

Und dann erzählte er in knappen Worten die Lebensgeschichte dieses Kindes. »Unehelich geboren von einer leichtfertigen Frau – vom Vater keine Spur –, schließlich zurückgelassen, dass die Gemeinde sich um ihn kümmern muss! – Wenn er bloß zu gebrauchen wäre! Aber er macht nur Ärger und Unkosten und wird zu einem richtigen Lumpen werden, der einmal im Zuchthaus endet!« Der Mann schritt auf den Jungen zu und erhob die Hand zum Schlag. »Herrgott, Fabian! Ich schlag dich windelweich!«

Rambold fiel dem Wütenden in den Arm. »Lassen Sie ihn, Herr Bürgermeister! Er ist so schon bedauernswert genug! Kümmern Sie sich lieber darum, dass die schlechte Mutter aufgefunden und der noch schlimmere Vater zur Verantwortung gezogen wird!«

»Das wird heut kaum mehr möglich sein nach zehn Jahren!«

»Pfui, Teufel!«, rief der Ingenieur. »Welche Mutter kann ihr Kind verlassen! Vom Vater will ich gar nichts sagen. Solche Feiglinge gibt es mehrere, die sich vor den Folgen ihrer Verfehlung drücken, ihre Schuld ableugnen oder mit Schweigegeld ihre Schande zu verbergen suchen! Sie laden damit einen Fluch auf sich, der sie bis an ihr Ende verfolgt! Wie heißt der Junge?«

»Fabian, Fabian Moorgruber«, antwortete Diepolter, immer noch seinen erbosten Blick auf die Gestalt auf der Bank gerichtet.

»Wissen Sie was? Ich nehme den Jungen mit mir, wenn Sie es gestatten.«

»Sie? Was wollen Sie mit ihm anfangen?«

»Ich kann ihn schon brauchen, als Laufburschen oder dergleichen.«

»Sie werden Ihr Wunder erleben mit diesem Strolch!«

»Darauf freue ich mich, Herr Bürgermeister!«

Während sie so verhandelten, schaute der Junge mit

verweinten Augen zu dem fremden, starken Mann auf. Die Züge seines Gesichtes veränderten sich, sie wurden heller.

»Wollen Sie ihn vielleicht in einer Baubaracke unterbringen?«

»Nein, ich glaube nicht, dass meine Hauswirtin etwas dagegen hat, wenn ich ihn bei mir selbst einquartiere.«

»Damit er Ihnen Geld aus der Kasse stiehlt!«

»Das lassen Sie ganz meine Sorge sein, Herr Bürgermeister! Und nun etwas anderes: Ich habe das Gefühl, als wären gegen mich Kräfte ins Werk gesetzt worden.«

Das Dorfoberhaupt nahm sofort dazu Stellung. »Es ist mir ganz recht, wenn Sie selbst darauf zu sprechen kommen, dann muss ich es nicht tun. Es ist richtig, man hat sich über Sie beschwert!«

»Wer hat das getan?«

»All jene, die Ihnen bis heute davongelaufen sind! Sie verlangen von den Leuten Menschenunmögliches, Herr Ingenieur!«

»Komisch! Hat man vielleicht auch gesagt, dass man auch von mir Menschenunmögliches verlangt? Man erwartet von mir, dass der Bach verbaut wird, aber man kümmert sich überhaupt nicht darum, wie das geschehen soll!«

»Man hat sich beklagt, dass Sie zu grob, zu rau mit den Leuten umgehen!«

»Ich weiß, das ist meine Art. Herr Bürgermeister, wenn in Ihrem Sägewerk oder auf Ihrem Hof was faul ist, und wenn Sie bemerken, dass sogar gegen Ihre Anordnung Sabotage getrieben wird, was würden Sie tun? Abwarten, bis eine offene Meuterei ausbricht?«

»Es hat niemand gegen Sie sabotiert!«

»Das zu beurteilen überlassen Sie bitte mir!«

»Sie haben einen forschen Ton, mein Herr!«, ging der Bürgermeister hoch.

»Ich wehre mich gegen solche Anschuldigungen! Sollten Sie sich mit dem Gedanken tragen, gegen mich bei der Sektion Beschwerde zu führen, bitte, es steht Ihnen nichts im Weg. Schlimmstenfalls packe ich meine Sachen und gehe wieder fort aus dem Hölltal. Ich kann Ihnen aber sagen, dass der Wildbach dann unverbaut bleiben wird, und Sie werden über kurz oder lang unter neuen Überschwemmungen und Vermurungen zu leiden haben. Aber ich will das gar nicht! Ich werde meine Arbeit hier zu Ende führen, und wenn ich die Arbeiter dazu aus allen Teilen der Welt herbeiholen müsste! Tragen Sie also Sorge dafür, dass ich in Ruhe und Frieden meine Aufgabe erfüllen kann!«

Christoph Diepolter war es nicht gewöhnt, dass ein Mensch in dieser Art mit ihm sprach. Er hatte den Ruf eines ebenso mächtigen wie gefürchteten Mannes, dem man mit einem gewissen Respekt begegnete. Deshalb stieg ihm das Blut in den Kopf.

»Mann, wenn Sie wollen, dass wir in gutem Einvernehmen bleiben, dann überlegen Sie genau, was Sie sagen und vor allem den Ton, in dem Sie zu mir sprechen!«

»Ich habe keinen Grund, mich vor einem anderen Menschen zu verbeugen! Und ich werde es auch nicht tun!«

»Und ich befehle Ihnen, auf das Leben und die Gesundheit der Leute besser zu achten! Es würde Ihnen wenig Lob einbringen, wenn einmal ein Unglück geschehen sollte, ein Absturz, eine Verschüttung oder dergleichen!«

»Dafür gebe ich Ihnen die Gewähr, und ich trage die Verantwortung!«

»Wir haben schon eine ganze Reihe von Unfällen zu verzeichnen, Herr Ingenieur! Ich will nicht behaupten, dass das auf Ihre ungenügende Aufsichtspflicht zurückzuführen ist, aber ich habe den Eindruck, dass Sie ein rücksichtsloser Draufgänger sind.«

»Ich habe Ihnen bereits erklärt, dass die Aufgabe, die mir hier gestellt wurde, diese Rücksichtslosigkeit erfordert! Übrigens handeln Sie äußerst unklug, wenn Sie sich überhaupt damit befassen und sich in Dinge einmischen, von denen Sie keine Ahnung haben!«

»Ich bin der Bürgermeister von Mölk, Mann!«, schrie Diepolter, und seine Brust dehnte sich.

»Und ich bin Ingenieur! Lassen Sie sich's gesagt sein, falls Sie gegen mich auftreten wollen, wie ich deutlich merke; es geht hier nicht um meine Zukunft, sondern um die des Hölltales. Ich habe nicht den Ehrgeiz, Lorbeeren zu ernten, aber ich empfinde es als meine Gewissenspflicht, der Not dieser Leute hier ein Ende zu setzen. Nehmen Sie die einheimischen Helfer zurück! Ich habe fremde Arbeiter angefordert, und damit ist der ganze Fall für Sie erledigt!«

Christoph Diepolter sah sich von diesem jungen, selbstbewussten Mann an die Wand gedrückt. Sein großer, gewaltiger Kopf lief noch röter an. »Dann haben wir nichts mehr miteinander zu tun«, grollte er. »Und ich hoffe, dass Sie Charakter genug besitzen, auch meine Tochter in Frieden zu lassen!«

»Was heißt das?«

»Dass ich es sehr ungern sehe, wenn Sie bei jeder Gelegenheit sich ihr zu nähern versuchen! Ich glaube, Ihr Vater hat versäumt, Ihnen mehr Respekt vor älteren und erfahrenen Männern beizubringen!«

»Das mag schon sein. Mein Vater hat noch mehr versäumt, sogar die Unterhaltspflicht. Aber das tut nichts zur Sache. Jedenfalls ist es mir ein wenig besser ergangen als diesem Jungen hier. Ich hatte wenigstens eine Mutter, die für mich sorgte.«

Er wandte sich an den Jungen und bot ihm die Hand. »Komm, Fabian! Wir werden uns schon verstehen!«

Der Bub sprang sofort von der Bank herab, froh darüber, durch diesen wunderlichen Zufall den weiteren Maßregelungen des Bürgermeisters zu entgehen. Er hatte den Auftritt der beiden Männer Wort für Wort verfolgt und sich von Herzen gefreut, dass der fremde Ingenieur dem gefürchteten Mann so unerschrocken entgegentrat.

»Halt! Ich habe dazu noch nicht meine Zustimmung gegeben!«, sagte der Bürgermeister boshaft. »Sie vergessen, dass ich für den Buben verantwortlich bin!«

»Ich nehme Ihnen auch diese Verantwortung ab, Herr Bürgermeister!«

»Nehmen Sie es nicht so leicht! Er ist noch ein Kind!«

»Der eine gute, aber strenge Führung nötig hat! Sag, Fabian, willst du mit mir kommen?«

»Ja!«, antwortete der Junge.

»Oder möchtest du lieber zurück zu deinem Bauern?«

»Nein.«

Christoph Diepolter wandte sich ab.

Vom First des Hauses läutete die Glocke. Sie rief zum Essen ...

»Haben Sie mir noch etwas zu sagen, Herr Bürgermeister?«, fragte Martin Rambold.

»Ich bedauere, dass es zu diesem Bruch gekommen ist, Herr Ingenieur! Aber Sie haben ihn gewollt, und Sie sollen ihn haben!«

»Soll das eine Drohung sein? Sie soll mich nicht erschrecken. Es tut mir nur Leid, dass Sie sich zum Werkzeug feindlicher Kräfte machen lassen, die irgendwo und aus irgendeinem Grund im Verborgenen gegen mich oder gegen Sie wirken!«

Christoph Diepolter drehte sich polternd gegen den Fremdling um. »Ich meine, nun ist es genug! Guten Tag, Herr Ingenieur!«

»Guten Tag, Herr Bürgermeister!«

Den armen, verlotterten Jungen an der Hand führend, verließ Martin Rambold die Stube.

Die Hölltalsäge war wieder in vollem Betrieb. Die Langholzfuhren rollten an, immer höher wuchsen die Stapel. Die Vollgatter, angetrieben durch die Wasserturbinen, sangen den ganzen langen Tag, und aus der dunklen Öffnung der Schneidsäge rollten die Schienenwagen, beladen mit frisch geschnittenen Brettern und Bauholz. Wolken von Staub wirbelten um die Tore und Fenster, und der Bach stürzte zischend in die Schaufeln der Räder.

Christoph Diepolter hatte sich nicht nur um den flotten Umtrieb seines Sägewerkes zu kümmern, sondern auch um die Arbeiten auf seinem Hof. Er hatte alles selbst in der Hand und traf hier wie dort seine Anordnungen. Er half sogar selbst mit, wenn irgendwo angepackt werden musste.

Eva, seine Tochter, erledigte die Arbeiten im Büro. Der Vater hatte sie eigens in einem Internat dafür ausbilden lassen.

Sie hatten eigentlich beide nichts von dem Reichtum, der von Jahr zu Jahr anwuchs. Sie wurden beide gehetzt und gejagt, um mit dem Lauf der Geschäfte Schritt zu halten.

Kein Wunder also, dass das beste Stück in ihrem Leben fehlte, die häusliche Besinnlichkeit, die gegenseitige familiäre Verbundenheit, die Liebe ...

Wann kam es schon einmal vor, dass sie zum Feierabend gemütlich in der Stube zusammensaßen? Dazu fehlte es Christoph Diepolter an Zeit. Mehrmals in der Woche musste er am Abend im Gemeindehaus des Dorfes sein, um Beratungen zu leiten und alle anderen Anliegen des öffentlichen Wohls zu regeln. In seinem Ehrgeiz und in seiner Geltungssucht nahm er das Amt eines Bürgermeisters ernst, und nichts konnte ihm mehr bedeuten, als der erste Mann des Dorfes zu sein.

Das führte zwangsläufig zu einer Entfremdung von seiner Tochter, in der er nichts anderes sah als die Nachfolgerin für seinen stolzen, weit ausgedehnten Besitz. Sie war die kommende Herrin des Hauses, und danach richtete sich seine ganze Erziehung.

Er hatte es nicht gern, wenn sie sich, so wie es ihre Natur verlangte, allzu leutselig gebärdete, er duldete es nicht, dass sie sich mit den Hausangestellten abgab und sich mit ihnen zusammensetzte.

So wuchs Eva eigentlich sehr einsam heran, und sie hatte keinerlei Umgang, bis der neue Arzt Dr. Hans Erber sich im Dorf niederließ. Er war mit seiner Mutter gekommen und mit seiner Schwester Juliane. Und es dauerte nicht lange, da hatte sich Eva Diepolter mit diesen Leuten angefreundet. Die beiden Mädchen besuchten sich nun oft gegenseitig, und es verging bald kein Tag mehr, wo Eva nicht ins Doktorhaus kam.

Wie weit das dem Vater recht war, konnte man nicht sagen. Jedenfalls hatte er nichts dagegen.

Dr. Hans Erber vermochte sich in Mölk rasch einzuführen. Er war ein frischer, etwas derber Naturfreund, der in seiner Freizeit am liebsten den Rucksack packte und durch das Gebirge wanderte. Sein Vater war Förster gewesen, der noch in den besten Mannesjahren infolge eines Unfalls starb. Von ihm schien der Sohn seine etwas derbe, naturfreudige Art geerbt zu haben. Und diese Art kam ihm in seinem Beruf als Landarzt in diesem einsamen Gebirgsdorf sehr zu Hilfe. Wie oft wurde er in die entlegensten Berghöfe gerufen, zu denen nicht einmal eine brauchbare Straße führte, meistens hatte er nach einem schweren und gefährlichen Weg in der Winterszeit in einer einsamen Hütte gegen den Tod zu kämpfen. Immer wieder kam es zu mehr oder weniger schweren Unfällen unter den Holzfällern und Bergarbeitern, die oft unter härtesten Bedingungen ihren Lebensunterhalt bestritten. Aber der junge, unerschrockene Arzt war immer da, wenn man nach ihm rief, und er galt als ein tüchtiger und gewissenhafter Helfer in Tagen der Krankheit.

Wenn er am Abend, oft erst sehr spät, von seinen Krankenbesuchen heimkam, sah seiner kräftigen, robusten Gestalt niemand an, dass er müde war. Wenn die alte Mutter, eine hagere, grauhaarige Frau, sich um ihn bemühen wollte, drückte er sie sanft in ihren Stuhl zurück. »Bleib nur, Mutter! Ich kann mich schon selbst bedienen.«

Juliane, seine schlanke, immer etwas ernste Schwester, nahm ihm die Tasche ab, ging damit in das Sprechzimmer, um die benutzten Instrumente zu sterilisieren und entnommene Ampullen durch neue zu ersetzen, denn die Tasche musste jederzeit griffbereit und mit allen wichtigen Hilfsmitteln ausgestattet sein. Dazu hatte er sie angelernt, und sie hatte Freude daran, sich auf die Weise nützlich machen zu können. Sie half ihm meistens auch in der Sprechstunde und stand neben ihm, wenn er bei kleinen Operationen oder schweren Geburten eine Assistenz benötigte. Nachdem sie wegen Krankheit ihr Medizinstudium abgebrochen hatte, war sie jetzt zwar wieder gesund, aber auch zu alt, um noch einmal von vorn zu beginnen, und es bestand sogar die Gefahr, dass die Krankheit noch einmal ausbrach, wenn sie in ihre früheren Lebensbedingungen zurückkehrte. –

Wenn die drei Menschen im Doktorhaus zum Abendessen um den Tisch saßen und in gemütlichem Geplauder die friedliche und zufriedene Atmosphäre genossen, dachte keiner darüber nach, dass dies einmal anders werden könnte. Sie verschwendeten keinen Gedanken daran, dass die alte Mutter mit ihren weißen Haaren einmal von ihnen gehen würde oder dass Hans Erber sich einmal eine Frau nehmen würde …

Später setzte Juliane sich ans Klavier und spielte einige ihrer Lieblingsweisen, und die beiden anderen hörten schweigend zu, höchstens, dass der Arzt leise die bekannten Melodien mitsummte. Es waren Stunden der Erholung …

Und da brachte Juliane eines Tages Eva Diepolter mit und stellte sie als ihre Freundin vor. Es lag schon im Wesen dieses aufgeschlossenen, heiteren Mädchens, dass es sehr rasch zu einem freundschaftlichen Kontakt zwischen dem jungen Arzt und der Bürgermeistertochter kam. Gerade in den langen Winterabenden war sie ein willkommener Gast im Doktorhaus. Sie machten ausgedehnte Skiausflüge in die verschneiten Berge, und Juliane fühlte sich bald mit jedem Tag gesünder.

Es dachte sich niemand etwas dabei, wenn der junge Arzt mit dem Mädchen in ausgelassener Weise scherzte und Späße machte, die sonst seinem ernsten, zurückhaltenden Wesen widersprachen.

Nur die alte Mutter befasste sich mit dem Gedanken, wie es wohl um sie alle bestellt wäre, wenn sich zwischen diesen beiden Menschen eine Verbindung anknüpfte. Freilich, sie war die einzige Tochter des reichen Sägewerks- und Hofbesitzers Christoph Diepolter. Was sollte sie mit einem Arzt? Sie musste einen Mann heiraten, der mit allen Fähigkeiten und Kenntnissen in das Erbe des Vaters folgen konnte.

Aber wohin eben die Liebe fiel! Das konnte auch der mächtige Christoph Diepolter nicht vorschreiben.

»Dein Bruder ist ein wunderbarer Mensch, Juliane!«, konnte Eva bisweilen sagen und ein recht versonnenes Gesicht dazu machen. »Man könnte sich geradezu in ihn verlieben!«

Die Juliane lachte sich dazu ins Fäustchen. Sie waren dicke Freundinnen geworden und hatten keine Geheimnisse mehr voreinander.

Und der junge Arzt gestand einmal seiner Mutter, wie erfrischend die Gesellschaft mit dem Mädchen auf ihn wirkte. Er freue sich auf jeden Feierabend, an dem er mit ihr zusammensein durfte ...

»Ich fürchte, du wirst eines Tages nach ihrer Hand greifen!«

»Du fürchtest? Wäre das so unsinnig, Mutter? Sie und Juliane würden sich herrlich verstehen. Es würde sich kaum etwas ändern! Meinst du nicht?«

»Du vergisst, dass sie die Tochter Diepolters ist, das einzige Kind! Was soll sie mit einem Arzt? Es sei denn, du würdest deine Praxis aufgeben und Bauer und Sägewerksbesitzer werden!«

»Das würde nie geschehen, Mutter! Mein Beruf ist mir zu teuer und zu heilig!«

»Ich weiß ... darum solltest du bedenken, dass die Eva, so gerne wir sie alle haben, nie deine Frau werden kann!«

Von diesen Erwägungen zwischen Mutter und Sohn wusste Juliane nichts, denn sie wurden als Geheimnis gehütet. Aber sie ahnte, dass viel über ihre Freundin gesprochen wurde.

Da geschah es, dass Christoph Diepolter auf einem nächtlichen Heimweg bei Glatteis so unglücklich stürzte, dass er einen Beinbruch erlitt. Er lag über zwei Stunden auf der gefrorenen Erde, bis er gefunden wurde.

Die Knechte vom Hof trugen den Verletzten heim, und Eva lief ins Dorf, um den Arzt aus dem Bett zu holen.

Damals hatte Doktor Erber seine ganze Kunst und alle Aufmerksamkeit aufgebracht, um den Mann wieder auf die Beine zu stellen. Abgesehen von dem komplizierten Bruch, der nur mit viel Geduld zu heilen war, damit keine

Gehbehinderung zurückblieb, hatte der Patient sich infolge einer schweren Erkältung eine Lungenentzündung zugezogen, die von einer Krise in die andere führte.

Ganze Nächte weilte der gewissenhafte Arzt am Bett des Kranken, um sofort zur Hand zu sein, wenn das Herz des Patienten stillstehen wollte.

Eva wachte mit ihm, und noch nie hatte sie mit einem solchen Vertrauen auf diesen Mann geschaut als in diesen Nächten, in denen der Tod spürbar mit im Zimmer war.

»Ich lasse Sie nicht allein, Eva«, sagte er, wenn sie mit bangem Blick auf die Uhr schaute und den neuen Tag noch in hoffnungsloser Ferne sah.

»Wie kann ich es Ihnen danken, was Sie für meinen Vater und für mich tun?«

»Warum sprechen Sie von Dank, Eva? Sind wir nicht Freunde? Gute Freunde?«

Manchmal fiel der Kranke ins Delirium, und dann fing er plötzlich an zu schreien, oft in ganz erschreckenden Worten, als stünde er vor einem Gericht und hätte sich gegen eine furchtbare Anklage zu verteidigen …

»Was ist das?«, fragte Eva, und über ihre schreckensbleichen Wangen rollten ein paar Tränen. »Was hat der Vater?«

»Es sind wilde Fieberträume, Eva! Sie haben so etwas noch nicht erlebt, deshalb wirkt das so beängstigend auf Sie.«

Endlich, nach ein paar Tagen war die Krisis überwunden. Die Genesung setzte ein.

»In wenigen Tagen wird Ihr Vater wieder auf gesunden Beinen stehen, Eva!«, sagte der Arzt.

Da fiel die Anspannung ab, und sie sank aufschluchzend an seine Brust.

Er legte erschüttert den Arm um sie.

Später, als Christoph Diepolter bereits das Bett verlassen hatte, kam Doktor Erber noch hin und wieder angefahren, um nach seinem Patienten zu schauen.

»Sagen Sie doch selbst, Herr Doktor, viel hat diesmal nicht gefehlt, und ich wäre abgetreten?«

Der junge Arzt wog nur bedeutungsvoll den Kopf.

»Sie sind ein tüchtiger Arzt! Jawohl, Sie haben meine volle Hochachtung! Wenn ich je etwas für Sie tun kann, denken Sie daran, dass es nichts gibt, was ich Ihnen versagen würde!«

»Nichts?«, lächelte der Arzt. Sollte er ihm jetzt sagen, dass er seine Tochter zur Frau begehrte?

»Nein, nichts! Hören Sie«, fuhr der Dorfgewaltige fort. »Wenn ich gestorben wäre, was hätte mein Kind, die Eva, angefangen? Sie ist noch zu jung, um den ganzen Betrieb leiten zu können. Vielleicht ist es meine Schuld, wenn ich ihr noch keine freie Hand lasse. Wir sind zu egoistisch dazu und glauben, tausend Jahre zu leben. Ich habe es ihr nicht zugestanden, dass sie sich einmal nach einem Mann umschaut, der hier mein Erbe antreten kann. Es ist gut, dass mir jetzt mal so etwas passiert ist. Der Mensch muss von Zeit zu Zeit an seine Vergänglichkeit erinnert werden. Denn was würde mit all meinem Besitz geschehen, den ich durch Fleiß und Umsicht und freilich auch mit einem Stückchen Glück erworben habe? Sehen Sie, ich konnte wohl nicht sterben, weil noch nichts geordnet ist. Ich muss meine Tochter selbstständig werden lassen! Sie ist kein Kind mehr. Ich werde sie nicht mehr nur am Haus halten! Sie soll hinaus in die Welt, Männer kennen lernen, die in der Lage sind, meinen Betrieb zu leiten und zu fördern! Habe ich da nicht Recht?«

Da traute sich Hans Erber nichts mehr von der Neigung seines Herzens zu sagen. Er war Arzt …

»Hätten wir damals schon jemanden zur Hand gehabt wie Sie, dann wären meine Frauen wahrscheinlich nicht gestorben. Aber wir mussten einen Arzt von ganz weit weg hierher holen. Schicksal! Vielleicht hätte ich heute dann auch einen Sohn, der mich ablösen könnte!«

»Dagegen ist nichts zu machen, Herr Bürgermeister! Noch stehen Sie in einem Alter, wo der Mensch noch lange nicht aufhören soll! Noch leben wir hier in Mölk in der Gefahr des Wildbaches! Ihre Aufgabe ist noch nicht erfüllt! Das Dorf braucht Sie noch!«

Diese Worte schmeichelten dem Alten.

Und dann kam der letzte große Ausbruch des Steinebachs. Über Nacht war das Hölltal zu einer Wüste geworden.

Christoph Diepolter alarmierte die Regierung ... und noch einmal gelang es ihm, die Bevölkerung aus ihrer Resignation und Verzweiflung zu reißen, noch einmal wurde darangegangen, die Vermurungen der Fluren fortzuräumen, die zerstörten Hütten und Häuser neu zu erstellen und alle Schäden zu beseitigen.

Das Wasser ging zurück, und der Steinebach plätscherte wieder wie ein unschuldiges Rinnsal über die Felsbänke hinab. Auf den Wiesen und Weiden spross das erste Grün in der warmen Frühlingssonne, und über Nacht entstand der Blütenzauber von Krokus und Enzian.

Furchtbar war der Gedanke daran, dass über kurz oder lang aufs Neue die zerstörenden Fluten des Wildbachs diese Welt begraben konnten.

Und dann kam eines Tages der Ingenieur Martin Rambold.

Man hätte glauben sollen, dass er mit Freuden empfangen würde. Denn von ihm sollte ja die Erlösung kommen. Er war geschickt worden, die Gewalt des Wildwassers zu brechen.

Aber er kam als Fremdling. Es war nicht gerade seine Stärke, auf Anhieb Vertrauen zu wecken. Er fing an zu regieren wie ein Alpenkönig, der nicht nur die Natur, sondern auch die Menschen sich unterzuordnen versuchte.

Er blieb ein Fremdling, denn er bekam im Dorf keinen Kontakt. Er suchte ihn aber auch nicht.

Doktor Hans Erber erfuhr von dem Mann erstmals durch Eva. Sie war gleich am ersten Abend mit dieser Neuigkeit ins Doktorhaus gekommen.

Auch Juliane hatte durch Zufall gleich am ersten Abend den Ingenieur schon kennen gelernt. Aber sie zeigte kein Interesse an ihm. Er war zu derb, zu ungehobelt, zu zynisch. Sie war solchen Menschen gegenüber empfindlich. Und sie hatte nicht einmal daheim etwas von ihm erwähnt. Was ging sie dieser Fremde an?

Doch da begann Eva zu erzählen. Sie hatte offenbar einen ganz anderen und viel besseren Eindruck von diesem Mann gewonnen. Es war an sich ein heiterer und unterhaltsamer Vorgang, den beiden Mädchen in ihrem Meinungsaustausch zuzuhören – und für die Mutter von Hans und Juliane war es auch eine nette Abwechslung –, wenn die Bürgermeistertochter nicht gar so temperamentvoll für den Fremden Partei ergriffen hätte. Ihr schien alles an ihm zu gefallen, sogar die Grobheit in seinen Worten. Vor allem war sie von seinem Mut begeistert, mit dem er an seine schwere und gefährliche Arbeit heranging.

Ob es überhaupt etwas gab, wovor dieser Mann zurückschrak?, meinte sie. Schon sein Gesicht, das manchmal aussähe, als wäre es aus Stein gemeißelt, so hart, so ungerührt, mache ihn zu einem Menschen, wie man ihm wohl nirgends mehr begegne.

Der junge Arzt hörte schweigend zu, in seinem Gesicht drückte sich etwas wie Eifersucht aus.

»Manche Menschen können aus sich mehr machen, als sie sind«, sagte er.

»Ich halte ihn nicht für einen Aufschneider!«, verteidigte sie ihn. »Es hat mir imponiert, dass er sich nicht einmal von meinem Vater etwas sagen lässt.«

»Ein Zeichen, dass er töricht ist!«

»Das finde ich nicht! Es ist auch nicht alles klug, was mein Vater tut. Man lässt ihm nur seinen Willen, weil jeder seine Gewalt fürchtet!«

Fast jedes Mal kamen sie jetzt auf den Fremdling zu sprechen, und fast immer gab es Meinungsverschiedenheiten.

»Ich glaube gar, Sie haben sich in diesen Mann verliebt!«, sagte einmal der Doktor in gestellt gleichgültigem Ton.

»Ist man denn gleich verliebt, wenn man für einen Menschen Partei ergreift?«

»So wie Sie das tun, möchte man es fast glauben!«

Juliane hielt sich bei diesen Gesprächen zurück. Sie hatte den fremden Ingenieur nicht mehr gesehen, und es war ihr ziemlich gleichgültig, wie er von den Menschen beurteilt wurde.

Da spielte ihr Bruder eines Tages einen neuen Trumpf aus. »Ihr Ingenieur scheint ebenfalls ein fehlbarer Mensch zu sein. Die Leute, die bei ihm gearbeitet haben, behaupten, dass er schon ein paar Mal Korrekturen in seinen Plänen gemacht hat, weil es so, wie er es sich dachte, einfach nicht gehen wollte.«

»Der Mensch irrt, so lange er lebt!«, sagte Eva.

»Richtig ... aber wenn man trotz dieser Erkenntnis stur auf seinem Willen besteht und mit dem Kopf durch die Wand will?«

»Das können nur die Dummen wollen!«

»Dazu zählt auch Ihr Ingenieur. Dabei lässt er seine Wut an den Leuten aus! Ich habe jetzt täglich eine ganze Anzahl von Wunden zu behandeln, die sich die Leute bei dieser Arbeit geholt haben!«

»Man hat von Anfang an gewusst, dass die Verbauung des Wildbaches, wenn sie überhaupt möglich ist, mit großen Schwierigkeiten verbunden ist.«

»Ich sage Ihnen, dieser Herr Rambold wird eines Tages wieder abziehen, ohne sein Werk zu Ende gebracht zu haben!«

»Nein!«

»Wetten wir, Eva?«

»Was gilt es?«

»Ihre Hand!«

Sie schaute ihn überrascht an, aber nicht ohne Heiterkeit. »Was heißt das?«

»Nun, Sie werden doch begreifen, was ein Mann beabsichtigt, wenn er die Hand einer Frau begehrt?«

Sie nahm es nicht ernst, und das Lachen in seinen Augen ließ sie nicht ahnen, was er sich dabei dachte. »Und wenn Sie verlieren?«, fragte sie.

»Nun, dann mögen Sie selbst entscheiden, welchem Mann Sie Ihre Hand reichen!«

»Nein!«, rief Juliane fast erschrocken.

»Es ist doch nur ein Scherz!«, beschwichtigte die Mutter, aber ihr Gesicht verriet, dass sie selbst nicht an ihre Worte glaubte.

»Es gilt!«, rief die übermütige Eva.

Der Doktor hielt ihr lachend die Hand hin, und sie schlug ein.

»Und warum glauben Sie, dass er unverrichteter Dinge abziehen muss?«, fragte sie nach einer Weile.

»Weil ihm die Natur solche Widerstände entgegensetzt, dass er nicht mehr vorwärts kommen kann!«

»In diesem Punkt haben Sie jetzt schon verloren, Herr Doktor!«

»Er wird eines Tages allein dastehen, weil ihm die ganzen Leute davonlaufen!«

»Dann holt er sich die Arbeitskräfte von auswärts!«

»Und zieht damit alle möglichen dunklen Gestalten ins Dorf, wogegen Ihr Vater sich wehren wird!«

Sie dachte eine Weile nach. »Warten wir also ab!«, sagte sie schließlich.

Noch waren die Arbeiten auf dem Hof nicht schwer. Die Heuernte hatte noch nicht begonnen, aber die Wiesen standen bereits in voller Blüte. Die Bauern von Mölk trafen bereits die Vorbereitungen für die erste Mahd.

Täglich nahmen immer wieder andere Helfer droben in den Drachenstuben Abschied von der Baustelle. Sie mussten heim zu ihren Anwesen, um das Heu auf den Wiesen zu mähen.

Martin Rambold ließ sie schweigend ziehen. Hin und wieder kamen fremde Arbeiter zu ihm, die um Einstellung nachsuchten. Er nahm sie alle wahllos auf und bezahlte ihnen sogar den erbetenen Vorschuss.

Die Arbeit musste weitergehen …

Christoph Diepolter ließ die Schneidsäge stehen. Er brauchte seine Leute jetzt auf dem Hof. Er selbst zog mit ihnen hinaus auf die Wiesen, mähte und streute mit ihnen und fuhr die geladenen Fuder heim in die Scheune.

Auch Eva half tüchtig mit. Größtenteils versorgte sie die Küche und das Haus, damit alle für die Arbeit draußen frei wurden.

Da erhielt sie eines Tages eine Einladung aus dem Lechtal von einer Freundin, der Tochter eines Berghotelbesitzers, die im Internat ihre Zimmerkollegin gewesen war. Diese Freundin feierte Hochzeit und wollte unter allen Umständen, dass sie dabei war.

Eva zeigte dem Vater den Brief.

Der zog zunächst missmutig die Stirn hoch. »Gerade jetzt, wo wir so viel Arbeit haben!«, knurrte er.

»Mein Gott, sie hat wohl nicht gedacht, dass die Tochter des Bürgermeisters von Mölk vor lauter Hausarbeit unabkömmlich ist! Soll ich ihr abschreiben?«

»Nein.«

»Darf ich fahren?«

»Nur ein paar Tage«, gestattete er.

»Sie wird mich aber ein paar Wochen festhalten wollen!«

»In Gottes Namen, dann bleib so lange. Du hast noch nie Urlaub gehabt!«

Sie war von seiner Großzügigkeit überrascht. »Darf ich mit dem Wagen fahren, Vater?«

»Nein!«

»Aber er steht doch jetzt schon wochenlang unbenutzt in der Scheune!«

»Nein, sage ich! Ich hätte keine ruhige Minute bei deinem Leichtsinn!«

Es half kein Betteln. Sie musste mit der Bahn fahren …

»Du kannst meinetwegen bis Heitwang fahren. Dort stellst du den Wagen beim Strobelwirt ein und steigst in den Zug. Von dort kannst du dann wieder zurückfahren.«

Und dabei blieb es.

Eines Abends ging das erste schwere Wärmegewitter nieder. Es kam mit einem gewaltigen Regenschauer und gelblichem Hagelschimmer hinter den Bergen herauf und überschüttete das Land mit ungeheuren Wasser- und Hagelmassen. Die Bauern von Mölk eilten dem Dorf zu. Die letzten Fuder wurden in Eile unter die schützenden Vordächer gefahren, das Vieh von der Weide heimgetrieben.

Christoph Diepolter ließ die Sperren herab, damit die anstürzenden Fluten nicht in das Getriebe seines Sägewerkes eindringen konnten.

Überall standen die Menschen hinter den Fenstern der dunkel gewordenen Stuben und schauten hinaus auf das

Toben des Unwetters. Der Sturm wütete und bog die Bäume bis fast auf die Erde hinab. Hagelkörner prasselten nieder und breiteten eine weiße Decke über das Gelände, Blitze zuckten, und Donnerschläge erschütterten die Grundfesten der Häuser, dass die Fensterscheiben klirrten.

»Helfe uns Gott, der Allmächtige!«, betete so manche verängstigte Menschenseele, und Christoph Diepolter schaute düsteren Blickes hinauf zu dem mit Wolken verhüllten Torkogel und horchte auf das Rauschen des Wassers.

Er wollte noch nicht daran glauben, dass der Wildbach in seiner Bahn blieb. Er konnte nicht begreifen, dass er nicht anschwoll zu einem Verderben bringenden Strom, der durch Wälder und über Geröllhalden herabstürzte, alles mit sich fortreißend, was sich ihm in den Weg stellte.

Bis zum Einbruch der Nacht dauerte das Unwetter an. Dann legte sich der Sturm, der Regen versiegte, und am Himmel glänzten die ersten Sterne.

Die Flut war ausgeblieben. Sie musste irgendwo droben in den Drachenstuben abgefangen worden sein.

Wer war dieser Fremdling, der ohne viel Geschrei dieser elementaren Naturgewalt die Fesseln anlegte? Warum hatte man sich von ihm abgewandt und ihn mit seinen fremden Arbeitern allein gelassen, obwohl es letztlich doch nur um ihre eigene Heimaterde ging, die geschützt werden sollte?

Sollte man diesem Ingenieur nicht doch die verdiente Anerkennung zollen?

Es war der Trotz, der hier eine Kluft aufgerissen hatte.

Christoph Diepolter stand draußen auf der Brücke und schaute gedankenvoll auf die schäumende Flut hinunter, die von der geschlossenen Schleuse abgewehrt und in das künstlich angelegte Bachbett geworfen wurde.

Da hörte er Schritte und sah eine dunkle Gestalt auf sich zukommen.

Es war der junge Arzt Hans Erber.

»Sie sind auch noch unterwegs, Herr Doktor?«, fragte Diepolter.

»Ich komme vom Anhauser herab. Dort wurde der Knecht vom Pferd geschlagen.«

»Schlimm?«

»Nur eine Platzwunde, zum Glück ging der Schlag nicht tiefer.«

Diepolter nickte vor sich hin und deutete auf die Flut hinab. »Was sagen Sie dazu? Es ist wie ein Wunder, dass es ohne Überschwemmung abging!«

»Weil das Wasser vom Torkogel in die Kare abgeleitet und dort gestaut wird.«

»Er scheint mir doch ein kluger Kopf zu sein, dieser Rambold!«, sagte der Bürgermeister.

»Zweimal hat ihm das Wasser schon die oberen Sperrstufen zerstört! Er ist vorsichtiger geworden. Übrigens habe ich erst gestern wieder einen Verletzten ins Krankenhaus einliefern müssen!«

»Es ist eine verfluchte Geschichte mit diesem Steinebach – und doch muss die Verbauung gemacht werden! Wir leben in einer ständigen Gefahr!«

»Ob der Mann es schaffen wird?«

»Ja, er wird es schaffen. Kennen Sie ihn?«

»Nein.«

»Trotzig, frech und eine Portion Unverschämtheit, dann haben Sie ihn. Aber tüchtig, klug und couragiert.«

»Ein Draufgänger, der den Ehrgeiz hat, das Unmögliche möglich zu machen, ohne Rücksicht darauf zu nehmen, ob Menschen Schaden leiden!«

Christoph Diepolter zuckte die Schultern. »Vielleicht haben Sie Recht, aber was soll man machen? Ich habe ihn schon ein paar Mal gewarnt. Was nützt es uns, wenn er abberufen wird? Wer will und kann ihn ablösen? Er ist wie geschaffen für diese Aufgabe. Deshalb meine ich, man sollte ihn gewähren lassen, zumal er alle Verantwortung selbst tragen will. Wir wollen hoffen, dass es wenigstens keine Toten gibt!«

»Ich weiß, Sie sprechen als Arzt … ich aber als Bürgermeister dieses Dorfes, für das es nur noch zwei Möglichkeiten der Existenz gibt: entweder den Bach verbauen … oder umsiedeln. Aber wer geht gern von seinem eigenen Stück Land? Man muss es den Leuten wieder einmal ins Gedächtnis rufen. Sie haben bereits wieder vergessen, was im letzten Frühjahr hier passiert ist!«

»Und doch haben Sie selbst auch Stellung gegen diesen Mann bezogen, Herr Bürgermeister!«

»Was ich an ihm nicht ertrage, ist der Trotz, die Respektlosigkeit, in der er mir begegnet! Aber ich sehe schon, es bleibt uns nichts anderes übrig, als ihn zu akzeptieren!«

Der Arzt schwieg.

»Wissen Sie übrigens schon, dass er den Fabian zu sich genommen hat? Er kam gerade dazu, als ich den kleinen Strolch, der alle Anlagen zum Verbrecher hat, ordentlich und handfest ins Gebet nehmen wollte. Gut, er soll ihn haben! Ich bin froh, wenn wir damit wieder Kosten für die Gemeinde los sind!«

»Sie haben sich nie gefragt, wem Sie den Jungen überlassen?«

»Lieber Gott, besser läuft er da droben herum als irgendwo als Dieb und Streuner!«

Eine Weile standen sie nachdenklich da.

»Ihre Tochter ist wohl noch nicht zurück?«, fragte dann der junge Arzt.

»Nein … sie wird auch so schnell nicht kommen.«

»Ist sie mit dem Auto gefahren?«

»Wo denken Sie hin! Ich müsste ein schlechter Vater sein, wenn ich mir keine Gedanken über ihren Leichtsinn machte!«

»Denken Sie da nicht ein wenig zu streng? Sie ist ja kein Kind mehr!«

»Sie ist meine einzige Tochter, Herr Doktor, meine Erbin und Nachfolgerin!«

In dieser Nacht ging nochmals ein Gewitter nieder. Es stand dem ersten an Stärke und Gewalttätigkeit nicht nach. Abermals lag die Erde wie mit Schnee bedeckt. So dicht war der Hagel gefallen. Von den Bäumen war das Laub gerissen. Nackt und ihrer ganzen Frucht beraubt standen sie da. Als das Gewitter abgezogen war, verließ Martin Rambold das Haus und ging hinunter zur Straße. Er wollte hören, wie weit der Wildbach angewachsen war und ob irgendeine Gefahr der Überschwemmung drohte.

Aber das Rauschen war nicht beängstigend. Noch hatte die Flut nirgends den Damm durchbrochen.

Als Martin Rambold mitten in der Nacht so auf der einsamen Straße stand und am Himmel die Sterne blitzen sah, war es ihm, als hätte er sich diesmal in unbetretene und für die sterblichen Menschen verlorene Gefilde vorgewagt. Welches Ziel verfolgte er denn? Wer dankte es ihm, wenn er hier in diesem verfluchten Gelände, wo oft jeder Schritt eine Todesgefahr bedeutete, seine Gesundheit oder gar sein Leben verlor? Würde man ihn nicht mit Steinen bewerfen, wenn es einmal geschehen sollte, dass einer seiner Leute dabei umkam?

Wofür riskierte er das?

Drunten im Dorf erloschen jetzt nach und nach die Lichter, die angemacht worden waren, als sich das Gewitter entlud. Die Gemüter der Menschen hatten sich wieder beruhigt. Man ging zurück ins Bett.

Der Bach rauschte friedlich. Er war keine Gefahr mehr.

Auf der Straße schmolz das Eis des Hagels, aber auf den Wiesen lag noch immer die weiße Decke. Um den Torkogel schmiegte sich eine dünne, weiße Wolke, und aus den Bergwäldern stiegen Dämpfe.

Da blitzten irgendwo in der Ferne die Scheinwerfer eines Autos auf. Sie beschrieben am nächtlichen Himmel die scharfen Kurven der Straße, die zum Weißhaus führte.

Allmählich war das Summen des Motors hörbar. Das Auto kam näher. Schon geisterten die Schatten der Vogelbeerbäume, die das Band der Straße markierten, vom Licht des näher kommenden Fahrzeuges über die Erde – und dann geschah es, was niemand sah und auch nicht zu erwarten war.

Der Ingenieur hörte plötzlich einen lauten Krach, ein Splittern und Poltern, nur ganz kurz, und dann war es still. Zugleich aber waren die Lichter erloschen.

Kein Zweifel, da war eben ein Unfall passiert! Sicher war der Wagen bei zu hoher Geschwindigkeit auf der feuchten Straße in einer der vielen Kurven ins Schleudern geraten und gegen einen Baum gefahren.

Da war er schon auf dem Sprung. Laut hallten seine Schritte auf der Straße.

»Ich komme!«, schrie er.

Aber er bekam keine Antwort.

Als er die Unfallstelle erreicht hatte, fand er einen dunklen Wagen, umgestürzt über der Böschung unten liegend. Die Scheinwerfer waren erloschen, der Motor stand still.

Es war ein unheimliches Bild, dem er da mitten in der Nacht auf der offenen Straße begegnete. Weit und breit kein Licht, weit und breit kein Mensch. Selbst wenn er geschrien hätte, niemand konnte ihn hören.

Er eilte auf den Wagen zu, roch Benzin und Motoröl

und sah aber keinen Menschen. Es war ein geradezu gespenstischer Fund. Aber es musste doch irgendwo ein Mensch sein.

Er krallte seine Finger unter den Rahmen und stellte mit seiner geballten, bärenstarken Kraft den Wagen auf die Räder, versuchte den Schlag zu öffnen, bog die zerbeulte Tür auf, und da fiel ihm auch schon der Körper eines Menschen entgegen.

Er konnte in der Dunkelheit nicht unterscheiden ob es ein Mann oder eine Frau, ein junger oder alter Mensch war, der da in dem Wagen verunglückt war. Aber er stellte fest, dass der oder die Verunglückte allein war.

Ein Stöhnen ermahnte ihn zum Zugreifen – es war das Stöhnen einer Frau, das schmerzliche Gewimmer einer Ohnmächtigen.

Er rief die Unbekannte an, einmal, zweimal, jedoch ohne Erfolg.

Er musste handeln! Herrgott, wenn er doch nicht so allein wäre! Konnte er denn mit einer Schwerverletzten umgehen?

Es half nichts, er musste den leblosen Körper aus dem Wagen heben, ihn auf seine Arme nehmen und zurückeilen ins Haus – die Försterin wecken und ihr berichten, dass er einen halb toten Menschen ins Haus brachte …

Die Sterne funkelten am Himmel, totenbleich schaute das Gesicht dieser Frau ihm entgegen. Die Augen waren noch so geschlossen, wie sie sie in der Schrecksekunde zugedrückt hatte. Die Züge waren verkrampft, fingen aber bereits an, sich zu lösen. Und da blieb er plötzlich stehen. Narrte ihn die eigene Fantasie, war es Wirklichkeit oder nur das Traumbild seiner erregten Sinne?

»Eva!«, schrie er.

Aber sie hörte ihn nicht, noch reagierten ihre Sinne nicht.

Herrgott! Hätte er wenigstens ein Streichholz bei sich, um ihr ins Gesicht leuchten zu können!

Es durfte nicht sein, dass dieses heitere Mädchen auf diese Weise zu Grunde ging!

Aber sie musste es ja nicht sein! Sie kam doch nicht mitten in der Nacht die einsame Straße vom Weißhaus her! Mutterseelenallein! Das gab es nicht!

Er spürte kaum das Ermüden seiner Arme, er achtete nicht auf das Keuchen seines Atems, er lief nur, bis er endlich die kleine Bergstraße erreichte, die zum Forsthaus hinaufführte.

Dort brannte noch Licht. Die alte Frau hatte sich wohl gefürchtet, als das heftige Gewitter tobte. Sie war aufgestanden und konnte jetzt nicht einschlafen.

Plötzlich schrie die Ohnmächtige in seinen Armen auf. Vielleicht wurde sie von wilden Träumen gejagt – oder sie hatte in einem lichten Moment erkannt, dass sie fortgeschleppt wurde.

Aber nein, sie war immer noch ohne Bewusstsein.

»Frau Förster!«, rief er jetzt am Haus hinauf. »Frau Förster!«

Da regte sich auch schon der Vorhang. Ein Fenster wurde aufgerissen.

»Es ist ein Unfall passiert! Draußen auf der Straße!«, schrie Rambold.

Die erschrockene Frau rief ein paar Worte aus und erschien dann in ihrem geblümten Morgenrock unter der Tür.

»Ein Autounfall«, sagte er. »Ich stand zufällig in der Nähe, als es geschah.«

Die Frau schlug die Hände zusammen, eilte dann voran in die Stube und machte Licht.

»Hier!«, rief sie und schüttelte die Kopfpolster des Sofas auf.

Rambold ließ seine Last erschöpft auf das Lager sinken. Sein Blick haftete auf dem bleichen Gesicht der Verletzten.

»Sie ist es! Jawohl, sie ist es!«, schrie er.

»Wer?«

»Die Tochter Diepolters!«

Die Försterin stand entsetzt. »Was kann man tun?«

»Es muss gleich etwas geschehen. Wer weiß, wie schwer sie verletzt ist. Man muss dem Bürgermeister Bescheid sagen!«

Rambold nickte. »Und den Arzt rufen!«

Jetzt hatte die Försterwitwe sich vom ersten Schreck erholt. Sie lief zu dem Wandkästchen, in dem sie ihre Hausmedizin verwahrte. Mit einer ganzen Anzahl von Fläschchen kam sie zurück und begann, sich mit der Ohnmächtigen zu beschäftigen. Sie flößte ihr Tropfen ein, legte ihr eine Kompresse auf die Stirn und entdeckte dort eine blutende Wunde.

Und eben, als Rambold gehen wollte, um den Arzt zu rufen und den Bürgermeister zu verständigen, schlug das Mädchen erstmals die erschrockenen Augen auf. Einen Augenblick starrte sie auf die fremden Gesichter, und dann schrie sie abermals entsetzt auf.

Rambold lief auf sie zu und hielt sie bei den Händen. »Es ist nichts!«, sagte er. »Ich habe Sie auf der Straße gefunden. Sie hatten einen Unfall.«

Sie starrte ihn immer noch fassungslos an.

»Ich gehe jetzt und hole den Arzt! Es wird schon wieder gut!«

Er wusste nicht, ob sie seine Worte erfasst hatte. Aber plötzlich versuchte sie sich aufzurichten: »Bitte, nicht den Vater!«, flehte sie.

»Aber es muss doch sein, Fräulein Eva!«

»Nein!«, schrie sie.

Er schüttelte verwundert den Kopf. »Erkennen Sie mich?«

Sie nickte. »Der fremde Ingenieur.«

»Richtig! Sehen Sie, das Gedächtnis kommt Ihnen schon langsam wieder zurück.«

»Nicht den Vater!«, bat sie wieder. »Er darf es nicht erfahren! Ich war im Lechtal … er hat mir verboten, mit dem Auto zu fahren. Es ist furchtbar, wenn er es erfährt!«

Rambold fing an zu begreifen. Er freute sich, dass ihr Gesicht wieder etwas Farbe bekam. Vielleicht war sie doch nicht so schwer verletzt, wie es zuerst den Anschein hatte.

»Aber den Arzt muss ich rufen. Wir müssen doch wissen, was Ihnen fehlt!«

»Dann erfährt es mein Vater!«

»Noch lange nicht. Ich werde dafür sorgen!«

»Danke!«

Während die gute Försterwitwe bei der Verletzten blieb und ihr mit diesem oder jenem Mittel Erleichterung zu verschaffen suchte, fuhr Martin Rambold in seinem alten Vehikel wie ein Besessener hinab ins Dorf und hielt mit kreischenden Bremsen vor dem dunklen Doktorhaus an.

Er drückte auf den Klingelknopf und läutete Sturm.

Im Obergeschoss ging ein Fenster auf. »Bitte?«, ließ sich eine ruhige, tiefe Männerstimme vernehmen.

»Herr Doktor, kommen Sie doch rasch ins Forsthaus am Kapellenberg. Es ist an der Bergstraße ein Unglück geschehen … ein Autounfall!«

»Ist die Polizei verständigt?«

»Das ist in diesem Fall nicht nötig.«

»Ein Fremder?«

»Nein … vom Dorf!«

»Wer?«

»Fräulein Diepolter, die Tochter des Bürgermeisters.«

Einen Augenblick war es still.

»Einen Moment ... ich komme!«

Martin Rambold konnte es sich nicht erklären, wie es dem Arzt möglich war, sich so im Handumdrehen fertig zu machen. Er hatte sogar schon seine Tasche dabei.

»Ich habe meinen Wagen da«, sagte Rambold.

»Wer sind Sie?«

»Ingenieur Martin Rambold.«

»Entschuldigen Sie! Ich hatte noch nicht das Vergnügen, Sie kennen zu lernen.«

»Vom Hörensagen wissen Sie ja wohl, wer ich bin!«

»Sicher ... bitte, was ist mit Eva ... Pardon, mit Fräulein Diepolter los?«

Sie gingen bereits dem Wagen zu, und erst als sie auf der Fahrt waren, erzählte Rambold, was geschehen war.

Der Arzt hörte schweigend zu. »Ist der Vater verständigt?«

»Nein, ich habe es auf besondere Bitte der Verletzten unterlassen. Sie will nicht, dass er es erfährt.«

»Früher oder später wird er es erfahren!«

»Kaum, wenn alle, die damit zu tun haben, schweigen können. Das sind bis jetzt drei Personen: Sie, meine Hauswirtin und ich!«

»Wir müssen erst sehen, was ihr fehlt!«, antwortete der Arzt kühl.

»Sicher.«

Als sie in dem Haus am Kapellenplatz ankamen, hatte sich Eva dank der Bemühungen der guten Försterwitwe schon wieder einigermaßen erholt. Allerdings lag sie noch in ihren Kleidern auf dem Sofa.

Hans Erber ging mit ernstem Gesicht auf sie zu. »Was machen Sie für Geschichten, Eva?«

Sie versuchte zu lächeln. Er hielt ihre Hand fest, schaute ihr ins Gesicht und kontrollierte den Puls. »So wie mir eben der Fall geschildert wurde, haben Sie wirklich einen Schutzengel gehabt!«, sagte er. »Trotzdem wird eine genaue Untersuchung nötig sein.«

Er stellte die Tasche ab und entnahm ihr einzelne Instrumente.

Martin Rambold verließ jetzt die Stube und trat vor die Tür hinaus. Es kam ihm alles so wunderlich vor. Noch nie in seinem Leben hatte ihn ein Vorfall so bewegt und erregt. War nicht alles so gewesen, als wäre dieser Unfall vom Schicksal planvoll bestimmt worden? Er hatte das Haus verlassen, um auf das Wasser zu hören, das vom Berg herabstürzte, obwohl er felsenfest davon überzeugt war, dass auch dieser Gewitterregen keinerlei Schäden anrichten konnte. Aber er war von einer unerklärlichen Unruhe erfasst worden, dass er sich anzog und auf den Weg machte. Er erinnerte sich an die Scheinwerfer, die plötzlich durch die Nacht kreisten, er hatte noch den Krach in den Ohren, mit dem das Auto über die Böschung hinabgeschleudert wurde.

Vielleicht hätte man morgen dort eine Tote gefunden.

Die Tote wäre Eva gewesen. Welch ein furchtbarer Gedanke!

Aber er hatte sie retten dürfen – er musste sie retten. Das Schicksal wollte es so!

Martin Rambold wusste nicht, wie lange er vor der Tür stand.

Da kam die Försterin und teilte ihm mit, dass der Arzt nur eine Gehirnerschütterung und eine Platzwunde an der Stirn festgestellt habe. Wie durch ein Wunder sei es zu keiner inneren Verletzung gekommen.

Rambold hätte die Frau umarmen können für diese Mitteilung.

»Sie muss wohl eine Woche oder etwas länger liegen. Ich habe mich bereit erklärt, sie hier in meinem Haus zu behalten und zu pflegen, nachdem sie solche Angst vor ihrem Vater hat.«

»Frau Förster, Sie sind ein Engel!«

Die Frau lächelte geschmeichelt. »Ich habe schon gehört, dass der Bürgermeister ein Unmensch sein soll im Zorn. Da muss man schließlich helfen!«

»Ich werde Sie unterstützen!«

»Ach, das tun Sie ja sowieso schon immer! Welcher Untermieter trägt das Holz oder spült das Geschirr?«

»Ich fühle mich nicht zu gut dafür! ... Kann man schon hinein?«

»Ja.«

Als sie die Stube leise betraten, saß Doktor Erber bei der Kranken am Lager und hielt ihre Hände.

»Ich danke Ihnen, Herr Doktor!«, sagte Eva. »Ich wollte zunächst meine Bitte nicht vortragen ... aber Sie sind ja immer so gut und freundlich zu mir gewesen! ... Frau Förster, haben Sie etwas dagegen, wenn über diese Krankenwoche meine Freundin bei mir bleibt?«

»Gewiss nicht!«

»Juliane wird mich pflegen – und mein Vater soll nichts erfahren!«

Juliane?, dachte Rambold. Wozu ist sie nötig?

Der Arzt wandte sich an ihn. »Herr Ingenieur, wir beide werden die Kranke jetzt in ein Bett tragen!«

Die Försterwitwe ging voran. Eva kam in ein nettes, kleines Schlafzimmer im Obergeschoss.

»Ich komme morgen wieder!«, sagte der Arzt, als Eva sicher in ihrem Bett lag. Er drückte ihre Hand und wünschte ihr eine gute Besserung.

»Herr Ingenieur, wenn Sie die Güte haben, mich jetzt nach Hause zu bringen und meine Schwester gleich mitzunehmen?«

»Gern.«

»Und was wird mit dem Auto geschehen?«, kam es Eva plötzlich in den Kopf.

»Keine Sorge!«, tröstete sie Rambold. »Ich werde den Wagen hierher abschleppen, noch bevor der Tag anbricht. Ich hoffe auch, dass ich den Schaden beheben kann, sodass niemand mehr etwas davon bemerkt.«

»Ich danke Ihnen!«

Martin Rambold musste eine ganze Weile vor dem Doktorhaus warten, bis Juliane unterrichtet und zum Mitkommen gerüstet war. Noch zeigte sich kein Schimmer des kommenden Tages am Himmel. Irgendwo in den umliegenden Gehöften krähte ein Hahn.

Er schaute auf die Uhr. Zwei Uhr vorbei. Es vergingen immerhin noch gute zwei Stunden, ehe die Bauern zu ihrem Tagwerk aufbrachen – und es müsste ein unglücklicher Zufall sein, wenn jetzt schon vom Weißhaus her ein Wagen die Straße heraufkam.

Trotzdem wollte er sofort den Wagen abschleppen, ehe es Aufsehen erregte …

Er sah in diesem und jenem Fenster des Doktorhauses ein Licht aufgehen und wieder erlöschen. Er hörte sogar Türen schlagen.

Und dann stand das Mädchen vor ihm. Sie trug keine Mütze, hatte aber das dunkle, volle Haar in gewohnt korrekter Ordnung. In der Hand trug sie ein kleines Köfferchen, das er ihr sofort abnahm und auf den Rücksitz des Autos legte.

»Guten Morgen!«, sagte sie nur.

»Guten Morgen!«, antwortete er.

An einem dunklen Fenster des Obergeschosses wurde die Gestalt des Doktors sichtbar. Er schaute ihnen schweigend zu, als sie in den Wagen stiegen und wegfuhren …«

»Sie wissen alles?«, fragte Rambold.

Sie nickte.

»Auch, dass darüber geschwiegen werden soll?«

»Ja … mein Bruder hat mir alles gesagt.«

»Ein Glück, dass es so gut abging!«, setzte er hinzu und hielt seine Augen auf die Straße gerichtet; denn er fuhr sehr schnell.

»Wie konnte es denn überhaupt passieren?«

»Die Straße war noch feucht und schlüpfrig vom Hagel. Sie wird zu scharf in die Kurve gegangen sein. Sind wir doch froh, dass es hier geschah und nicht irgendwo in einer fremden Gegend!«

Sie nickte. »Waren Sie denn noch unterwegs, dass Sie den Unfall bemerkten?«

»Durch Zufall. Ich lief hinab zur Brücke, um zu sehen, wie sich der Wildbach nach dem starken Gewitterregen verhält.«

»Welch ein Glück!«

»Sicher, wer weiß, wann und wie man sie sonst gefunden hätte!«

Er merkte, dass sie erschauerte, und schloss das Fenster. »Ist es Ihnen zu kalt?«

»Nein! Ich denke nur daran, dass sie hätte tot sein können!«

Die Försterin erwartete sie schon, als sie am Haus vorfuhren. Sie war jetzt angekleidet und gekämmt.

Herzlich drückte sie die Hand des fremden Mädchens. »Sie hat sich vorhin stark erbrochen. Vielleicht war es gut, denn jetzt schläft sie.«

Juliane folgte der guten alten Frau ins Haus, und Rambold sprang ins Auto zurück, um das beschädigte Auto abzuschleppen. Es war ein hartes Stück Arbeit, aber er schaffte es.

Im Osten graute bereits der neue Tag, als er endlich fertig war.

Die Försterin erwartete ihn in der Stube. Sie hatte Tee gekocht und nötigte ihn zu einem kleinen Frühstück. »Sie haben diese Nacht viel geleistet!«, sagte sie.

»Auch Sie, Frau Förster! Sie sind um Ihre Nachtruhe gekommen!«

»Das ist das Wenigste. Ich hätte das Mädchen auch über diese Woche gepflegt – aber es ist sicher besser, wenn es die Juliane tut. Sie kann besser damit umgehen.«

»Jetzt haben Sie Ihr Haus voll.«

»Das geht vorüber. Ich freue mich, dass doch alles noch gut abgegangen ist.«

Rambold beschloss, sich noch ein paar Stunden hinzulegen, bis er zur Arbeit aufbrechen musste. Leise stieg er über die Treppe hinauf. Als er an der Tür vorbeikam, hinter der die Kranke lag, trat er noch vorsichtiger auf. Er hörte eine Stimme.

Die Mädchen schienen sich noch zu unterhalten.

Er schlich sich lautlos in seine Kammer, nach und nach wurde es wieder still und dunkel um das Haus am Kapellenberg. Zum Schluss erlosch auch das Licht im Fenster des Krankenzimmers …

Als Martin Rambold am Morgen drunten am Hofbrunnen das kalte Wasser über seinen Kopf laufen ließ, um sich zu erfrischen, stand Juliane neben ihm und wünschte ihm einen guten Morgen.

Er drehte sich verwundert um, denn er hatte sie nicht kommen hören. »Wie geht es unserer Patientin?«

»Recht gut. Sie hat ein paar Stunden geschlafen.«

»Prima.«

»Sie lässt Sie bitten, doch noch einen Augenblick zu ihr zu kommen, bevor Sie zur Arbeit gehen.«

»Gerne, wenn ich nicht störe.«

Als er später das Zimmer betrat, war die Kranke frisch gemacht und lag etwas höher gebettet in den Kissen. Ihr

Gesicht war sehr blass, aber ihre Augen waren munter und heiter.

Er trug seinen strapazierten Alltagsanzug, wie er ihn zu seiner Arbeit droben am Berg brauchte, und sah recht derb aus. Er fühlte selbst seine Grobschrötigkeit und blieb etwas unbeholfen in der Tür stehen. »Wie geht es Ihnen heute?«, fragte er.

»Ich fühle mich schon besser!«

»Das ist gut.«

»Ich habe Ihnen viel zu verdanken, Herr Ingenieur!«

»Lassen sie doch den Ingenieur! Sagen Sie einfach Rambold. Sie sehen es mir doch an, wie weit ich von allen Feinarbeiten weg bin. Viele halten mich für einen Bauern, woran mich dann nur ärgert, dass ich keiner bin. Dazu hätte ich sicher besser getaugt! – Also, Fräulein Diepolter, Sie können ganz beruhigt sein. Es wird niemand hinter das Geheimnis kommen. Das Auto steht hinter dem Haus in dem offenen Holzschuppen und kann von niemandem gesehen werden. Was wirklich kaputt ist, muss ich erst feststellen.«

Sie lächelte ihm dankbar und ein wenig verschämt zu.

Juliane hatte noch einige Dinge im Zimmer in Ordnung zu bringen, dann stand sie mit verschränkten Armen da und hörte schweigend und zurückhaltend zu.

»Ich danke Ihnen für alles, Herr Rambold!«

»Nächstes Mal dürfen Sie nicht mehr so fest auf Ihre Fahrkunst vertrauen. Es hätte böse ausgehen können!«, warnte er.

Sie strich über ihre Stirn, auf der ein Verbandstreifen klebte. »Ich kann mich heute genau besinnen, wie es war.«

»Sicher zu schnell gefahren?«

»Nein – ich hatte nicht mehr als fünfzig Stundenkilometer drauf!«

»Das war Ihr Glück, Mädchen!«

»Ich wollte etwa um zwölf Uhr daheim sein, denn eine halbe Stunde zuvor trifft ein Zug in Heitwang ein, mit dem ich dann angeblich angekommen wäre … Mein Vater ist misstrauisch! Er hätte bestimmt die Zeit nachgerechnet! – Ich warf einen Blick auf die Uhr, sah eine Kurve und nahm den Fuß vom Gaspedal – da leuchtete plötzlich dicht vor mir ein rotes Licht auf. Ich hörte schon den zu erwartenden Aufprall auf ein anderes Fahrzeug oder auf eine Barriere, ich trat mit aller Kraft auf die Bremse und geriet dabei ins Schleudern. Ich weiß noch, wie der Wagen stürzte, und dann war mein Bewusstsein weg.«

Eva Diepolter hatte offenbar ihre Denkkraft wieder erlangt. Sie vermochte sich jetzt genau zu erinnern und war sehr aufgeregt.

»Ein rotes Licht?«, fragte Rambold kopfschüttelnd.

»Ich habe es deutlich gesehen!«

»Sie müssen sich trotzdem getäuscht haben! Es steht auf dieser Straße keine Barriere, und wäre ein Fahrzeug vor Ihnen gewesen, dann hätte ich ihm begegnen müssen, oder mindestens wäre ich darauf aufmerksam geworden!«

»Es war ein rotes Licht!«, behauptete die Kranke.

Juliane hörte immer noch schweigend zu.

»Es war kein Mensch und kein Fahrzeug um die Wege!«, beschwor Rambold.

»Nur Sie!«, warf Juliane trocken ein.

»Richtig – man könnte fast den Verdacht hegen, dass ich mir diesen Spaß erlaubte und das Licht aufflammen ließ. Nicht wahr?«

»Wie könnten Sie beweisen, dass Sie es nicht getan haben?«, fragte die Dunkelhaarige mit kühler Stimme.

Sie schauten jetzt beide auf die Sprecherin. Ihr Gesicht war unbeweglich.

»Sie haben eine merkwürdige Art zu scherzen, Fräulein Doktor!«, sagte Rambold.

»Wollen Sie mich damit ärgern? Denn Sie wissen genau, dass nicht ich den Titel führe, sondern mein Bruder!«

»Sie verstehen keinen Spaß?«

»Ich bin wahrlich nicht dazu aufgelegt, wenn ich überlege, was mit meiner armen Freundin hätte passieren können, wenn nicht ein Schutzengel bei ihr gewesen wäre!«

Jetzt flammten seine Augen auf. »Sie werden doch nicht im Ernst in Erwägung ziehen, dass ich den Unfall verursacht haben könnte?«

»Sie haben mich noch nicht überzeugt, dass es anders ist!«

»Pfui, Juliane!«, sagte jetzt die Kranke. »Hat Herr Rambold nicht genug für mich getan? Und jetzt dieser Undank!«

»Ich sehe, Sie sind sehr hartnäckig, mein Fräulein! Sollte sich unsere Patientin mit dem Licht getäuscht haben, weshalb streiten wir dann?«

»Das Licht hat gebrannt!«, behauptete die Kranke abermals mit gesteigerter Erregung.

»Gut, wir nehmen an, dass Sie Recht haben – aber dann liegt ein Verbrechen vor!«

»Um Himmels willen!«, rief die Kranke.

»Ich werde mich bemühen, den Beweis meiner Unschuld zu liefern!«

»Wer denkt an Ihre Schuld?«, entsetzte sich Eva.

Ihre Freundin schwieg …

Da wurde er lauter. »Welchen Zweck könnte ich damit verfolgt haben? Etwa einen Raubüberfall auf einen Menschen, der nachts auf einer einsamen Straße fährt?«

»Bitte, regen Sie sich nicht auf, Herr Rambold!«, bat die Kranke. »Meine Freundin ist weiß Gott ein wenig verwirrt.«

In diesem Augenblick hörte man im Haus das Lachen und Rufen einer Knabenstimme.

»Was ist das?«, fragte Eva zu Tode erschrocken. »Ist denn noch jemand im Haus?«

»Das ist mein bester Freund«, antwortete Rambold lachend. »Sie brauchen keine Angst zu haben, dass er etwas verraten könnte!«

»Wer ist das? Es ist doch ein Junge.«

»Der Fabian, das arme Gemeindekind von Mölk, mit dem niemand zurecht kam. Ich habe ihn zu mir genommen, als selbst der Bürgermeister nicht mehr wusste, was er mit ihm anfangen sollte. Wir sind ganz dicke Freunde geworden.«

Eva schüttelte verwundert den Kopf. Sie wusste, wie viel Verdruss ihr Vater mit diesem Jungen gehabt hatte, der auf keinen Menschen hören wollte, über den das ganze Dorf klagte wegen seines Trotzes und seiner Böswilligkeit.

Juliane schwieg. Sie rümpfte die Nase und ging zum Fenster, um nach dem Gebirge auszuschauen, hinter dem jetzt die Sonne hervorkam.

»Ich bitte, mich jetzt zu entschuldigen«, sagte Martin. »Ich muss zur Arbeit.«

»Ich darf Sie nicht aufhalten«, entgegnete Eva.

»Mein Wunsch ist, dass Sie sich recht bald und recht gut erholen!«

»Danke!«

»Auf Wiedersehen.«

Als Rambold gleich darauf festen Schrittes auf dem Weg zu seiner Arbeitsstelle war, wurde er von Fabian begleitet. Der Junge hatte noch seine alten, geflickten Sachen an, aber sonst sah er ordentlich aus. Er war gewaschen und hatte die Haare kurz geschnitten. Der böse Zug in seinem Gesicht war lange nicht mehr so deutlich zu erkennen wie damals. Er war ein aufgeweckter Junge, der eben mehr gelten wollte, als das Dorf ihm zugestand.

Und Martin Rambold ließ ihn etwas gelten. Er vertraute ihm allerlei Aufgaben an, die er ehrgeizig ausführte. An den Nachmittagen musste der Junge zur Schule, aber er kam jeweils pünktlich zurück, und wenn er seine Schularbeiten fertig hatte, lief er sogleich hinauf zur Baustelle, um dabei zu sein, wenn die Felsen gesprengt wurden.

Er hing an dem Ingenieur wie an einem großen Bruder, und er hätte sich für ihn ins Wasser gestürzt, wenn das von ihm verlangt worden wäre.

»Hör einmal, Fabian: Da fährt in der Nacht auf einsamer Straße ein Auto«, begann Martin. »Auf einmal taucht vor dem Fahrer des Autos ein rotes Licht auf. Der Wagen bremst und schleudert; es geht knapp an einem schweren Unfall vorbei. Und dann ist weder ein Fahrzeug noch irgendwie sonst etwas zu entdecken, von dem dieses Licht ausgegangen war.«

»Das gibt es nicht!«, meinte der Junge.

»Doch, Fabian, das gibt es! Es ist tatsächlich so geschehen.«

»Das verstehe ich nicht!«

»Ich auch nicht – es sei denn, dass ein Verbrechen vorliegt! Jawohl, Fabian, es ist ein Verbrechen, wenn auf diese Weise ein Wagen angehalten wird!«

Der Junge schaute ihn gespannt an.

»Wir haben an die dreißig Arbeiter, nicht von allen wissen wir, woher sie kommen und warum sie bei uns sind. Wir schauen nur darauf, ob sie ihre Arbeit richtig und fleißig tun. Verstehst du mich?«

»Nein!«

»Es könnte leicht einmal einer darunter sein, der ein Gauner ist. Man sieht es ihm von außen nicht an. Aber er könnte sich einmal verraten. Weißt du, was ich mit dir vorhabe? Du wirst ab und zu droben in der Baracke schlafen. Du bist ein heller Kopf, vielleicht hörst du einmal ein Wort!«

Der Junge freute sich höllisch, wenn er für seinen Ingenieur etwas tun durfte. Es konnte nicht gefährlich und gewagt genug sein.

»Ich werde dir noch sagen, auf wen du besonders achten sollst«, setzte der Ingenieur dazu.

Fabian nickte.

Als Rambold die beiden Mädchen verlassen hatte, wandte sich Eva sogleich an die Freundin, die immer noch schweigend am Fenster stand. »Das war doch nicht dein Ernst, Juliane?«, sagte sie. »Wie kannst du nur auf einen solchen Gedanken kommen?«

Das Mädchen wandte sich nach der Kranken um. »Er kam mir plötzlich zugeflogen.«

»Aber es ist unsinnig.«

»Lange nicht so unsinnig, wie du glaubst! Frag ihn doch, ob er gewusst hat, dass du mit dem Auto weggefahren bist und dass du vom Weißhaus her zurückkommen wirst. Ich wette, wenn er ehrlich ist, wird er es bejahen.«

»Nein, ich werde ihn nicht fragen!«

»Wie du willst ...«

»Er begeht doch kein Verbrechen, Juliane!«

»Ich sage ja nicht, dass er ein Verbrechen beabsichtigte. Er wollte lediglich erreichen, wie es nun tatsächlich geschehen ist: Du bist in diesem Haus – obendrein hat er dich vom Tod errettet.«

»Was willst du damit sagen?«

»Liebe Eva, bist du wirklich so dumm, oder stellst du dich nur so? Man braucht wahrlich wenig Beobachtungsgabe, um zu sehen, wie er in dich verliebt ist!«

»Juliane!«

»Und du bist es in ihn. Du darfst es mir ruhig gestehen,

obwohl es mir Leid tut für meinen Bruder, der es bestimmt am ehrlichsten mit dir meint.«

Eva Diepolter ließ sich erschöpft auf ihr Kissen zurückfallen. Sie konnte im Augenblick nichts darauf sagen.

Juliane kam näher. »Habe ich dich erschreckt?«, fragte sie bedauernd. »Meine liebe Eva, es ist mir tatsächlich so entschlüpft. Warum? Weil ich dich so gern habe. Was meinst du, welche Freude es für mich wäre, wenn du die Frau meines Bruders würdest! Ich weiß, wie gern er dich hat, wenn er auch noch nie ein Wort darüber verloren hat. Er würde schweigen und dir gut sein, auch wenn er zusehen müsste, wie dich ein anderer zum Altar führt. Nur der Ingenieur darf es nicht sein! Der nicht!«

»Liebe Juliane – wenn ich auch nur geahnt hätte, was in deinem Bruder vorgeht, hast du mich jetzt doch ein wenig erschreckt. Nicht deswegen, nein, ich habe ihn auch sehr gern. Aber was hat es für einen Sinn? Kennst du meinen Vater? Nein, du kennst ihn nicht, du weißt nicht, dass die Hölltalsäge und der Bauernhof seine Welt ist, die nie untergehen darf, an der gebaut werden muss von einer Generation zur anderen, damit sie immer größer wird, immer größer. Es ist ein Unglück, dass ich seine einzige Tochter bin, und die hat seinen Willen zu tun. Er würde wie ein Block zwischen uns stehen. Das weiß auch dein Bruder, und deshalb hat er mir noch nie etwas gestanden ...«

Juliane schwieg. Ihr Gesicht trug jetzt den Ausdruck des Stolzes, der Härte.

»Aber sag mir, Juliane, warum hasst du den fremden Ingenieur?«

»Warum? Er war mir von Anfang an unsympathisch. Ich hasse diese ungalanten Männer, die sich für halbe Götter halten!«

»Du hast befürchtet, dass ich seiner Art verfallen könnte ...?«

»Oh, ich wäre nicht eifersüchtig!«

»Nein, nicht so, Juliane: Dir ging es um deinen Bruder! Gestehe es nur! Aber du siehst, er ist genauso wenig der Mann für die Tochter Diepolters. Meinen Mann wird einmal mein Vater für mich auswählen, und ich werde nicht einmal gefragt werden. So schaut das Glück der einzigen Tochter eines reich begüterten Vaters aus.«

Ein paar Tage waren vergangen, ohne dass sich etwas Besonderes zutrug. Täglich kam Doktor Erber ins Haus, um nach seiner Patientin zu schauen, die in ihrer Genesung so gute Fortschritte machte, dass er ihr bereits stundenweise das Aufstehen erlaubte.

Jeden Abend, wenn Martin Rambold von der Baustelle heimkehrte, klopfte er an der Kammer der Mädchen an, um sich nach dem Befinden Evas zu erkundigen. Sie sprachen ein paar Worte miteinander, und dann ging er wieder, ohne sich nochmals sehen zu lassen.

»Ihr Auto ist wieder intakt!«, sagte er eines Tages. »Man muss schon sehr genau hinschauen, wenn man noch etwas daran erkennen will!«

Sie freute sich sehr darüber und dankte ihm mit einem Händedruck.

Die alte Försterin machte seit ein paar Tagen einen sehr müden Eindruck.

Offenbar wurde ihr die Arbeit, die der Ingenieur ihr ins Haus brachte, doch zu viel.

»Sind Sie krank?«, fragte er besorgt.

»Nein«, tröstete sie ihn. »Ich habe heute gewaschen, und das strengt mich immer sehr an. Ich bin halt eine alte Frau.«

Nach dem Abendessen band er sich eine Schürze um und ging, trotz des Protestes der Hauswirtin, ans Abspülen des Geschirrs, das noch vom Mittag her dalag.

»Wo bleibt denn heut der Fabian?«, fragte die alte Frau, die er mit Gewalt von der Arbeit abhalten musste.

»Er schläft droben in der Baracke.«

»Lieber Gott! Unter diesen fremden, rauen Männern?«

»Daraus macht sich unser Fabian nicht viel. Morgen ist schulfrei. Warum soll er den weiten Weg machen?«

Die alte Frau nickte. Sie hatte da nichts dreinzureden.

Dann kam Juliane herein. Sie trug das Essgeschirr, womit sie in der Kammer zur Nacht gegessen hatten. Als sie den großen, starken Mann mit der kurzen weiblichen Zierschürze am Spültisch stehen sah, kam ihr ein Lachen aus, vielleicht das erste Mal, seitdem sie im Haus war.

»Warum lachen Sie?«, fragte Martin.

»Es steht Ihnen wirklich glänzend, Herr Ingenieur!«

»Sie meinen die Schürze? Ja, sie ist mir ein wenig zu kurz. Oder meinen Sie die Arbeit, die ich hier tue?«

»Beides!«

»Sehen Sie, darum habe ich mich gar nicht gekümmert. Ich sehe nur, dass unsere gute Hausmutter sehr müde von der vielen Arbeit ist, die sie mit uns hat.«

»Oh, ich wusste gar nicht, dass Sie so galant sein können!«

»Wer soll es denn sonst tun, verehrtes Fräulein? Sie haben wohl herzlich wenig Freude daran?«

Über ihr Gesicht flog eine tiefe Röte. »Glauben Sie?«, sagte sie nur und ging rasch davon.

Die Försterwitwe war damit nicht einverstanden. »Das hätten Sie nicht sagen sollen. Sie hat wohl nicht daran gedacht!«

»Ob sie daran denkt oder nicht! Ich kann mich darüber maßlos ärgern, wenn diese Dämchen sich zu vornehm sind, um einmal einen Spüllappen in die Hand zu nehmen, wie es sich gehören würde! Sie muss doch sehen, wie viel Arbeit hier anfällt! Und da mag sie noch lachen, diese eingebildete Gans!«

»Pst!«, machte die Alte in mütterlicher Ermahnung.

Aber Martin hatte sich getäuscht. Es dauerte nicht lange, da kam das Mädchen zurück und hatte eine Arbeitsschürze umgebunden. »Sie erlauben doch, dass ich mithelfe?«

Er war so überrascht, dass er keine Antwort wusste. Aber er machte ihr bereitwillig Platz, und zusammen brachten sie jetzt Küche und Herd in Ordnung.

»Waren Sie der Meinung, dass ich der Hausarbeit aus dem Weg gehe?«, fragte sie.

»Offen gestanden, ja.«

»Dann sind Sie ein schlechter Menschenkenner! Ich habe von Jugend auf viel der Mutter geholfen, denn mein Vater war viele Jahre krank und bedurfte einer fortwährenden Pflege.«

»Dann entschuldigen Sie bitte!«, sagte er ein wenig verlegen.

»Bitte! – Sie hatten schon Recht, als Sie mich ermahnten. Man denkt oft nicht daran.«

Als Martin am nächsten Tag heimkam, erzählte ihm die Försterin, dass das Fräulein heute die ganze Wäsche gebügelt habe, so sehr sie auch dagegen protestiert habe.

Nach etwa einer Woche war Eva Diepolter so gut hergestellt, dass sie heimkehren konnte. Es war ihr kaum noch etwas anzumerken von den durchstandenen Leidenstagen. Ihr hübsches, freundliches Gesicht zeigte wieder die alte Frische, und die Beweglichkeit ihrer Glieder ließ nichts mehr von der erzwungenen Bettruhe erraten. Nur über der Stirn, knapp unter dem Haaransatz, war eine kleine, rötliche Narbe zurückgeblieben, die sie mehrmals am Tag mit Puder bestäubte, sodass man schon ganz genau hinsehen musste, wenn man etwas bemerken wollte.

Dank der Geschicklichkeit Rambolds war auch der beschädigte Wagen wieder vollkommen in Ordnung. Das Mädchen hatte also nur die passende Stunde der Heimfahrt abzuwarten, und keinem Menschen kam der Gedanke daran, dass etwas mit ihr nicht in Ordnung sein könnte, selbst ihrem argwöhnischen Vater nicht.

Die gute Försterwitwe hätte sich geschämt, für alle die Mühe und Kosten, die sie aufgewendet hatte, Geld anzunehmen.

»Was wir getan haben, kam von Herzen, Fräulein Eva!«, sagte sie. »Lassen Sie einer alten, einsamen Frau die Freude, einem Menschen in seiner Not beigestanden zu haben!«

Das Mädchen konnte ihr also nur danken.

Martin ging mit ihr noch bis zum Auto.

»Ihre Freundin hatte vielleicht Recht, wenn sie an ein Verbrechen dachte«, flüsterte er ihr zu. »Falsch war jedoch, dass sie damit scherzhaft oder im Ernst mich in Verdacht hatte!«

»Oh, sie hat ihre Ansicht längst geändert!«, lachte das Mädchen. »Sie stehen bei ihr sogar in hohem Ansehen.«

»Nicht möglich!«

»Doch! Überlassen Sie das lieber Frauen! Wir haben dafür ein bestimmtes Feingefühl. Seien Sie ihr nicht böse deswegen, Herr Rambold ... sie ist ein treuer, guter Mensch!«

»Ich habe es erfahren«, gestand er. »Wenn ich ihr nochmals begegnen könnte, würde ich mich wahrscheinlich anders betragen. Wollen Sie ihr das sagen?«

»Gern.«

»Noch eine Bitte habe ich an Sie: Fahren Sie nie mehr bei Nacht in Ihrem Wagen auf einsamen Straßen!«

»Sie glauben doch nicht ernstlich an einen Anschlag?«

»Doch, ich glaube daran!«

»Ich habe keine Feinde!«

»Sie nicht ... aber vielleicht Ihr Vater. Es lässt sich nicht feststellen, wer in diesem nachtgrauen, weiß bedachten Auto sitzt. Man kennt nur den Wagen als den des Bürgermeisters Diepolter!«

Jetzt verstand sie ihn und erschrak.

»Vielleicht können Sie Ihren Vater zunächst vom Autofahren abzuhalten?«

»Das ist nicht schwer; mein Vater benutzt nur noch ganz selten den Wagen.«

»Dann lassen Sie ihn getrost daheim stehen!«

»Kommen Sie bald wieder zu uns?«, fragte sie.

»Kaum. Nur wenn Ihr Vater mich rufen sollte. Aber das wird er nicht tun!«

»Aber er hat eingesehen, dass er Ihnen Unrecht getan hat.«

»Trotzdem wird er mich nicht rufen!«

»Spielen doch Sie den Vernünftigen!«

»Nein!«

»Sie haben denselben Trotz wie mein Vater«, lachte sie versöhnlich. »Wissen Sie, dass ich Sie oft mit meinem Vater verglichen habe, besonders, wenn Ihnen die Zornfalten auf der Stirn liegen!«

Er lächelte dazu. »Wir sind alle zusammen zornige Wesen. Der Zorn ist mit dem Fluch über die Erde gekommen. – Ich danke dem Himmel, dass ich etwas für Sie tun durfte. Wie gern habe ich es getan!«

»Ich danke Ihnen und wünsche Ihnen Erfolg bei Ihrer Arbeit!«

»Auf Wiedersehen!«

Langsam und brummend fuhr der Wagen aus dem Hof und zur Straße hinab.

Martin schaute ihm nach, bis er um die Biegung der Straße hinter dem Kapellenberg verschwunden war.

Der Ingenieur hätte sich nicht träumen lassen, dass er so bald schon wieder mit Juliane, der Schwester des Arztes, zusammentreffen sollte.

Im Fortgang der Verbauungsarbeiten über den zackigen Felsen der so genannten Drachenstuben waren die Mannschaften auf böse Schwierigkeiten gestoßen. Hier stürzte das Wasser in etwa fünfzig Meter Höhe durch eine Klamm herab und musste von einem Staukessel aufgefangen werden.

Der Staukessel war bereits fertig gestellt, und obwohl der Wildbach abgeleitet worden war, hatte sich im Laufe der Zeit eine Menge Wasser darin angesammelt. Von oben gesehen glaubte man, an einem kleinen See zu stehen.

Über die Schlucht führte ein roh gezimmerter, massiver Steg, über den die Beschäftigten sich während der Arbeit hin und her bewegten.

Obwohl der Steg nach beiden Seiten hin abgesichert war, war es nicht jedermanns Sache, über der schwindelnden Tiefe zu stehen oder gar noch von hier aus die Arbeiten durchzuführen. Das vermochten nur die Verwegensten zu tun.

An diesem Bauabschnitt in der Regulierung des Wildwassers war es schon zu heftigen Auseinandersetzungen zwischen dem Ingenieur und seinen Leuten gekommen. Man wollte nicht einsehen, warum man sein Leben aufs Spiel setzen sollte für eine Sache, die möglicherweise zu gar keinem Erfolg führte und vielleicht doch auf irgendeine Art zu umgehen war.

Aber gerade hier in dieser Felsenwand sah Martin Rambold den Herd allen Unheils. Hier stürzten die beiden Wildbäche zusammen und vereinigten sich zu einer hohen Flut von Verderben bringender Kraft, weil sie keinen planvoll vorgezeichneten Weg fanden, die Wehrdämme durchbrachen und ihren Lauf über Geröllhänge und durch Bergwälder nahmen, überall die Spuren der Vernichtung hinterlassend.

Hier musste es gelingen, dem Wildwasser die Fesseln anzulegen, wenn die ganze Arbeit überhaupt einen Sinn haben sollte.

Angesichts des gefahrvollen und mühsamen, ja geradezu unmöglich scheinenden Unternehmens sollte selbst dem Getreuesten der Arbeitskolonne der Mut entfallen. Und als sogar eine offene Meuterei auszubrechen drohte, machte Martin Rambold kurzen Prozess. Zwei seiner Leute, mit denen er schon lange nicht mehr gut fuhr und die auch jetzt sich als Hauptschreier hervortaten, wies er mitten am Tag vom Platz, er nahm sie in die Baracke mit und warf ihnen die Papiere vor die Füße.

Angeblich waren es zwei Brüder, beides zwielichtige Gestalten von grobem Aussehen. Der Ältere war ein rothaariger Geselle mit sommersprossigem Gesicht, der Jüngere hatte Verschlagenheit und Verkommenheit in seinem Blick.

Als Martin sich das erste Mal die Papiere dieser beiden zugelaufenen Kumpane etwas näher besah, stellte er einige sehr bedenkliche Vermerke darin fest. Beide waren schon im Zuchthaus gewesen und hatten längere Zeit unter Polizeiaufsicht gestanden.

Aber der Ingenieur hatte ja nie darauf geachtet, sondern alles genommen, was ihm an Arbeitskräften angeboten worden war. Die Hauptsache war für ihn, dass jeder kräftig und couragiert zupacken konnte. Was kümmerte ihn die Vergangenheit der einzelnen Männer?

Jetzt aber erkannte er, welche Verantwortung und welche Belastung er sich damit aufgebürdet hatte. Sein Zorn steigerte sich bis zur Weißglut.

»Ihr kehrt am besten dorthin zurück, von wo ihr gekommen seid!«, schrie er das Brüderpaar an. »Ihr habt es nur dem Zeitdruck auf der Baustelle zu verdanken, dass ich mich so wenig um euch gekümmert habe! Sonst wärt ihr schon längst hier hinausgeflogen!«

Die beiden schauten ihn mit frechen, herausfordernden Blicken an.

»Du bist einer von der Sorte, von denen jeden Tag ein paar Dutzend aufgehängt gehören!«, entgegnete der ältere der beiden Brüder und schaute recht gefährlich drein. »Ein Leuteschinder, wie er mir noch nicht begegnet ist!«

»Du sollst dich hier wegmachen, bevor ich dir ein paar Knochen breche, du Scheusal von einem Menschen!«

»Du wirst noch nach uns rufen!«, höhnte der boshafte Kumpan und stieß seinen Bruder in die Seite.

»Wenn das eine Drohung sein soll, dann möchte ich euch beide sehr dringend vor jeglichem Anschlag auf mich oder auf meine Arbeit warnen! Ich mache nicht viele Geschichten! Schert euch also zum Teufel oder wohin ihr wollt! Ich will hier keinem von euch mehr begegnen!«

Wenige Tage später geschah das erste Unglück an der Baustelle über dem Staukessel der Felsgruft. Einer der Arbeiter war abgestürzt. Aus einem unerklärlichen Grund war er auf der Brücke ausgeglitten, hatte das Schutzgeländer mitgerissen und war in den Stausee gefallen.

Es gab dafür Augenzeugen, die nichts anderes für den Unglücklichen tun konnten, als entsetzt aufzuschreien. Wer wollte und konnte den Mann retten, der in der unzugänglichen, kreisenden Flut, auch wenn er den Sturz überlebt hätte, umkommen musste, langsam ertrinken wie eine Maus in einem Wasserkübel.

Durch das Geschrei der Augenzeugen war die ganze Mannschaft zusammengelaufen und schaute voll Grauen und Entsetzen in die Tiefe.

Martin Rambold eilte herbei. Sein Gesicht war leichenblass. »Wer?«, schrie er.

Ein Name wurde laut, und er pflanzte sich fort von Mund zu Mund: der Lebrainer!

Es handelte sich um einen der treuesten und besten Männer, der daheim Frau und eine Stube voll unversorgter Kinder hatte. Des guten Verdienstes wegen, der bei diesen Arbeiten geboten wurde, hatte er schweigend und dienstbar alle Strapazen auf sich genommen.

»Er lebt!«, schrie eine Stimme.

In der Tat sah man jetzt drunten eine Gestalt auftauchen und mit letzter, verzweifelter Kraft gegen die Wellen der Flut ankämpfen, die ihn über die nächste Tiefenstufe wegspülen wollten.

»Die Seile!«, schrie Rambold. »Die Seile!«

Die Männer liefen, schleppten Seile herbei, knüpften hastig Stück für Stück an, um die nötige Länge zu erreichen.

Aber die Kraft des Unglücklichen schien nachzulassen. Er tauchte unter, kam aber noch einmal empor. Vielleicht war er beim Sturz verletzt worden ...

Was nützte es, wenn ihm das Seil zugeworfen wurde, und er hatte nicht mehr die Kraft, sich daran festzuhalten?

Martin Rambold stand mit bleichem Gesicht da. Seine Brust wogte auf und nieder unter den erregten Atemzügen. Er trug die Verantwortung und hatte sie großspurig auf sich genommen. Wenn der Mann nur noch als Leiche geborgen werden konnte, wie sollte er da vor den Menschen und vor dem Werk an diesem verfluchten Wildbach noch bestehen können? Sollte er hintreten vor die Frau mit den vielen Kindern und ihr sagen, dass ihr Mann leider tödlich verunglückt sei?

Diese Gedanken marterten sein Hirn, als er mit glasigen Augen das Drama drunten im Staubecken verfolgte ... und als er bemerkte, dass der Kampf des um sein Leben ringenden Mannes zu Ende gehen wollte und dass er in immer größeren Abständen nur noch an das Licht kam ... stürzte er sich plötzlich hinterher.

Die Arbeiter schrien bei diesem tollkühnen Stück auf, an das niemand glauben wollte.

Doch da sahen sie auch schon den Verwegenen aus der Flut tauchen und mit weit ausholenden Kraulbewegungen durch das reißende Wasser schießen ...

Das Schreien hub an. Die angesammelte Mannschaft auf der Brücke war in erregter Bewegung.

Das Seil wurde hinabgelassen. Stämmige Männer standen bereit zum Einziehen des Taues. Sie warteten in spannungsgeladener Erregung auf das Kommende.

Die Rettungsaktion gelang.

Der verloren Geglaubte wurde von Martin Rambold aus der Schlucht geholt. Stück für Stück wurde das Seil eingeholt, Stück für Stück arbeitete der Ingenieur sich mit der festgeschnallten Last aus der Schlucht empor.

Er achtete jetzt nicht auf eigene Verletzungen.

Der Lebrainer lag ohnmächtig auf der Erde. Er musste gleich in ärztliche Behandlung und Obhut.

Auf einer Tragbahre wurde er vorsichtig zu Tal gebracht, bis der Ingenieur, der längst vorausgeeilt war, der Gruppe mit dem Auto entgegenkam.

Der Verunfallte war inzwischen zu sich gekommen. In Decken eingehüllt, saß er an der Seite Rambolds, der jetzt dem Dorf zujagte.

Sie schwiegen beide.

Und wer den Mann am Steuer in seinem durchnässten Gewand und mit dem verwaschenen, struppig verwirrten Haar erblickte, der wich erschrocken vor ihm zurück.

So erging es auch Juliane, die auf sein heftiges Läuten unter der Tür erschien. »Lieber Gott! Sie sind es?«, rief sie entsetzt. »Was ist denn geschehen?«

»Ein Unglück droben am Wasserfall. Ich brauche dringend den Arzt!«

Sie glaubte zunächst, dass er selbst den Unfall erlitten habe, denn sein Gesicht war von Blutkrusten bedeckt. »Mein Bruder ist auf Krankenbesuch droben im Mitterboden. Ich kann ihn nicht erreichen«, bedauerte sie.

Über diese Mitteilung zeigte er sich tief betroffen. »Ich habe den Mann draußen im Auto, so wie ich ihn gerade vorhin aus dem Stausee heraufgeholt habe. Bitte, helfen Sie ihm!«

»Ach! … Ich glaubte, Sie selbst wollten zu meinem Bruder! Sie sprechen von einem Mann? Was fehlt ihm?«

»Ich weiß es nicht. Ich konnte ihn gerade noch erreichen, ehe er von der Flut hinweggerissen wurde. Ich weiß nur, dass ihm geholfen werden muss! Er darf nicht sterben; er ist der Vater vieler kleiner Kinder! Bitte, helfen Sie mir!«

Sie war erschrocken. Seinem Verhalten nach stand es schlimm um den Verletzten. Sie öffnete das Sprechzimmer und schloss dort das Fenster. »Ich hoffe, dass mein Bruder bald kommen wird.«

Er ging zum Auto zurück und trug dann den Mann auf seinen Armen ins Doktorhaus.

Sie wunderte sich über seine Kräfte, denn es war ja kein Kind, das er sorgsam trug, sondern ein großer, schwerer Mann.

Und wie dieser Mann aussah! Zerschlagen und verletzt am ganzen Körper. Nur die Augen hatte er geöffnet und schaute sie dankbar an.

Martin Rambold ließ seine Last behutsam auf dem Untersuchungstisch nieder.

Juliane beugte sich über den Verletzten. »Haben Sie Schmerzen?«, fragte sie teilnahmsvoll.

Der Mann schüttelte schweigend den Kopf, obwohl

ihm anzusehen war, wie weh ihm der Transport getan hatte.

Mit Mühe gelang es dem Mädchen, ihn von der nassen Kleidung zu befreien. Rambold half ihr dabei. Darauf wurde er in trockene Decken eingehüllt.

Juliane lief zum Medikamentenschrank. Sie brachte Pillen und Tropfen, flößte ihm Mittel ein, von denen sie wusste, dass sie den Schmerz linderten und dem Fieber entgegenwirkten. Denn der Lebrainer war von Schüttelfrost befallen worden.

Rambold wunderte sich, mit welcher Sicherheit und Ruhe sie arbeitete. Sie brachte eine keimtötende Lösung, womit sie die Wunden im Gesicht reinigte.

»Sie arbeiten wie eine Ärztin!«, lobte er sie.

»Ich bin schon über drei Jahre bei meinem Bruder hier in diesem Dorf. Ein wenig kann man da schon lernen«, sagte sie.

Er schaute auf ihre schlanken, weißen Hände, die in ihrer wunderbaren Form so viel Gefühl ausdrückten. Er beobachtete die Bewegungen ihrer Finger, wenn sie den getränkten Tupfer ergriff und gegen die Wunden des Mannes hielt.

Langsam wurde der Verletzte ruhiger. Der Schüttelfrost ließ nach.

»Wird Ihnen besser?«, fragte sie.

Der Mann nickte.

Sie ging zum Fenster, um Ausschau nach ihrem Bruder zu halten, der heute außergewöhnlich lange ausblieb. Auch jetzt war noch nichts von ihm zu sehen.

Sie streifte mit einem Blick den Ingenieur, der schweigend und nachdenklich dastand. Er sah heute wirklich wild aus. Das Haar zerzaust, die Kleidung von Nässe zerknüllt, beschmutzt und zerschlissen. Sie ahnte, welches Drama sich da oben in der Bergwildnis abgespielt hatte.

»Auch für Sie wäre es Zeit, dass Sie aus dem nassen Zeug herauskommen!«, sagte sie. »Sie könnten sich erkälten und sich eine Krankheit zuziehen!«

Er schüttelte den Kopf. »So wie ich meine Natur kenne, hält sie diese Belastung schon aus!«

»Man soll seine Kräfte nicht überschätzen und nicht überfordern!«

»Es war bis jetzt keine Zeit, an mich selbst zu denken.«

»Wie konnte denn dieses Unglück geschehen?«

»Das ist mir bis jetzt noch ein Rätsel.«

Man merkte bereits den Abend. Die Sonne, die eben noch durch die Bäume zum Fenster hereingeschienen hatte, nahm ihre Strahlen immer mehr und mehr zurück.

»Der Eva geht es gut. Wissen Sie das?«, fragte sie plötzlich.

»Nein, aber ich wünsche es ihr!«

»Denken Sie, ihr Vater hat nichts bemerkt, gar nichts!«

»Dann ist es gut.«

Endlich hörte man das Schnurren eines Motors.

Juliane eilte zum Fenster und schob den Vorhang beiseite. »Er kommt!«, rief sie.

»Gott sei Dank!«, sagte der Ingenieur.

Sie eilte hinaus, um dem Arzt entgegenzulaufen. Und als sie bald darauf das Zimmer betraten, war Doktor Erber bereits so weit unterrichtet, dass er sich sofort nach dem Patienten umsah.

Den Gruß des Ingenieurs erwiderte er kaum. Er hatte auch jetzt keine Zeit dazu, sondern ging sofort auf den Verletzten zu.

Seine Gestalt kam Rambold heute größer und wuchtiger vor als droben im Haus am Kapellenberg, wo er ihm das erste Mal begegnet war. Das Gesicht war hart und verschlossen.

Juliane assistierte ihm bei der Untersuchung und

sprach leise mit ihm. Jedenfalls erklärte sie ihm, mit welchen Mitteln sie sich bis jetzt beholfen hatte, denn der Arzt nickte ein paar Mal zustimmend.

Dann versuchte er den Patienten zu befragen, wo es ihn am stärksten schmerze und wo er glaube, Schaden genommen zu haben.

Die Untersuchung zog sich lange hin. Endlich wurde darangegangen, die äußerlichen Wunden zu behandeln und zu verbinden.

Martin Rambold war näher getreten. »Wie steht es, Herr Doktor?«

»Nicht ganz so schlimm, wie es zunächst ausgesehen hatte. Vermutlich sind ein paar Rippen gebrochen. Wir werden um eine Operation und stationäre Behandlung in einem Krankenhaus nicht herumkommen.«

»Wenn es sein muss.«

»Ich werde ihn selbst zum Krankenhaus in die Stadt bringen.«

»Ich bitte darum, Herr Doktor!«

Hans Erber bereitete den Verletzten für den Transport vor. Dann ging er zum Telefon, um mit dem Krankenhaus zu sprechen.

Zusammen brachten die beiden Männer den Patienten ins Auto, und ohne sich noch aufzuhalten, fuhr Doktor Erber mit ihm davon.

Als Martin sich umwandte, sah er sich Juliane gegenüber. Sie war mit ihnen aus dem Haus getreten. »Ich werde jetzt seine Frau verständigen«, sagte er.

»Ja, bitte, tun Sie das!«

»Ich wollte Ihnen nur noch danken, dass Sie mir gleich so gut beigestanden haben, Fräulein Juliane!«

»Ich habe nur meine Pflicht getan.«

»Nein, Sie haben mehr getan! Ich habe bei Ihnen Abbitte zu leisten!«

»Wofür?«

»Für eine ganz falsche Meinung, die ich mir einmal über Sie gebildet habe.«

»Dafür haben Sie nicht Abbitte zu leisten, Herr Ingenieur! Es steht jedem Menschen das Recht zu, sich über andere seine eigene Meinung zu bilden! Aber ich habe eben, als Ihnen der Ärmel zurückfiel, entdeckt, dass Sie am rechten Ellbogen eine recht böse Verletzung davongetragen haben!«

Er streifte den Ärmel zurück. In der Tat kam eine schwere Wunde zu Tage, um die sich eine entzündliche Blutkruste gebildet hatte. Er hatte in der Aufregung gar nicht auf den Schmerz geachtet.

»Kommen Sie!«, sagte sie.

Er folgte ihr zurück in das Arztzimmer.

Dort musste er es sich gefallen lassen, dass sie seine große, tiefe Wunde geschickt reinigte und behandelte. »Es tut mir Leid, wenn ich Ihnen jetzt wehtun muss!«, sagte sie. »Aber es würde eine Gefahr bedeuten, wenn wir leichtsinnig darüber hinweggingen!«

Er ließ gerne diese Prozedur über sich ergehen, und es berührte ihn seltsam, dass dieses Mädchen mit seiner starken Zurückhaltung und dem eher herben, verschlossenen Wesen so viel menschliche Anteilnahme zeigte.

Als sie ihm endlich einen kunstgerechten Verband angelegt hatte, konnte er sich nicht verkneifen, nach ihrer Hand zu greifen und sie voll Innigkeit zu drücken. »Sagen Sie mir jetzt, Juliane, was habe ich bisher immer nur falsch gemacht, dass Sie mir bis heute immer als eine persönliche Feindin begegneten?«

»Als persönliche Feindin? Das ist ein hässliches Wort! Es ist wahr, ich habe vom ersten Tag an in meinem Inneren gegen Sie opponiert, ohne zu wissen, warum. Ich hatte das Gefühl, dass sich mit Ihrem Zuzug in dieses Dorf etwas ändern würde in meinem gewohnten und geliebten Alltag. Ich lebe hier in diesem Haus mit meiner Mutter und meinem Bruder glücklich zusammen. Zu uns gesellte sich dann noch Eva, die heitere, ungekünstelte Tochter des Bürgermeisters. Diesen reinen Vierklang einer kleinen menschlichen Gemeinschaft in dieser weltabgeschiedenen Landschaft mit ihren trotzigen, schweigenden Bergen wollte ich in seiner Harmonie erhalten und nicht gestört sehen durch einen Eindringling, der unsere Vorstellungen nicht zu teilen vermag. Wissen Sie es jetzt?«

Er wunderte sich über ihre Rede. »Ich bin nur gekommen, um den Wildbach, der schon so viel Leid und Not über das Hölltal gebracht hat, zu bändigen«, sagte er. »Man hat auf mich gewartet und sich eine Erlösung von meinem Werk versprochen. Aber in diesem Augenblick, als man sah, dass nichts durch Wunder, sondern nur mit rauer und harter Arbeit geschehen konnte, zog man sich von mir zurück. Ich bin wieder der Fremdling, als der ich gekommen bin. Die Aufgabe, die mir hier gestellt ist, werde ich erfüllen. Ich will dafür weder Ehre noch Lob. Ich weiß, meine Natur ist eher schroff und hart. Das brachte mein Leben so mit sich. Denn mein Schicksal ging raue Wege, an die sich mein Herz angleichen musste, wenn es überhaupt bestehen wollte. Es gab hier in diesem Dorf nur einen einzigen Menschen, der mir offen und verständnisvoll begegnete und mir bis heute sein Wohlvollen bewahrt hat: Das ist die Eva. Ich danke dem Himmel, dass ich ihr diese Freundschaft bereits vergelten durfte. Und heute habe ich erlebt, dass es noch einen Menschen gibt, der menschlich denkt und fühlt. Und ich bin darüber noch froher. Dieser Mensch sind Sie, Juliane!«

Sie räumte die Dinge auf, die sie zur Behandlung der Wunde benötigt hatte. »Oh, ich tat doch nur meine Pflicht«, sagte sie.

»Jawohl, Sie taten Ihre Pflicht. Aber es kommt nicht darauf an, dass man sie tut, sondern wie man sie tut, mit Wärme und Güte, mit Sorge für den Mitmenschen! – Wenn der Sommer vergangen ist, werde ich hier mit Gottes Hilfe fertig sein … und dann gehe ich wieder fort, Juliane. Man wird, wenn es gut geht, noch einige Zeit über den Fremdling reden, besonders, wenn man sich der Gefahren bewusst wird, die der Steinebach über das Tal gebracht hat. Auch sie wird man mit den Jahren vergessen, denn sie kehren nicht wieder. Deshalb wollen wir uns vertragen, so lange wir uns begegnen müssen. Es lässt sich nicht vermeiden, dass wir dann und wann miteinander zu tun haben. Das haben wir heute gesehen. Ich danke Ihnen auch im Namen dieses unglücklichen Mannes, dem Sie so wacker geholfen haben!«

Von der Straße, die zum Weißhaus führte, zweigte an der Schneise des dunklen Gehölzes ein kleiner Seitenweg ab. Wenn man ihn ein Stück bergwärts verfolgte, gelangte man an eine kleine bäuerliche Hütte mit einem angebauten Stall für ein paar Kühe.

Hier lebte und hauste der Lebrainer. Im Sommer arbeitete er bei den großen Bauern, im Herbst und Winter verdiente er sich das Brot beim Holzfällen. Es war ein bescheidenes Brot, denn die große Familie hatte einen reichlichen Bedarf an Nahrung und Kleidung, und das Geld war schneller ausgegeben als verdient. Die Frau versorgte neben der Erziehung der Kinder die kleine Landwirtschaft, und der Mann ging auswärts Geld verdienen.

Als die Arbeit mit der Wildbachverbauung losging, war der Lebrainer einer der Ersten, die sich dazu meldeten. Der Lohn, der geboten wurde, war größer als der Verdienst bei den Bauern und Forstbesitzern. Arbeit scheute der Lebrainer nicht. Sie konnte so schwer sein, wie sie wollte. Nur gut bezahlt musste sie sein.

Am Abend waren zwei Fremde gekommen, die um ein Nachtquartier baten. Sie bezahlten dafür gut, und der Frau war es recht. Sie hatte Platz für sie in der hinteren Kammer, wo ein paar einfache Betten standen.

Die beiden Gesellen zogen ihr eingepacktes Nachtessen hervor und machten es sich gemütlich. Die Lebrainerin versorgte die Kühe im Stall und brachte dann die Kinder ins Bett, die eine Weile neugierig die beiden fremden Männer betrachtet hatten.

Langsam kam die Nacht. Die Lebrainerin wunderte sich, dass ihr Mann heute so spät heimkam. Sie war von ihm nicht gewöhnt, dass er sie am Abend allein ließ. Er ging nie ins Wirtshaus, um mit den Männern zu trinken.

Endlich kam dann doch eine Gestalt den Weg herauf. Aber das war nicht ihr Mann, der war nicht so groß und wuchtig.

Die Frau stand am Fenster und schaute ihm entgegen. »Wer kommt da?«, fragte sie.

Einer der beiden Fremden stand vom Tisch auf und trat hinter sie, um der Weisung ihres Fingers zu folgen. »Ich kenne ihn nicht«, sagte er, gab seinem Kollegen einen Wink, und beide gingen zur Tür.

Sie wollten nicht stören, sagten sie. Außerdem möchten sie sich früh niederlegen. Der lange Fußweg habe sie ermüdet.

Sie wünschten eine gute Nacht und gingen.

Langsam kam der fremde Mann an das Haus heran. Es war schon zu dunkel, um das Gesicht erkennen zu können. Aber er musste noch jung sein. Sein Schritt war kräftig. Kam etwa noch einer, um nach einem Quartier zu fragen? Sie hatte jetzt keinen Platz mehr …

Sie ging dem Fremden gleich unter der Tür entgegen.

»Sind Sie die Frau Lebrainer?«, fragte eine harte Männerstimme.

»Ja.«

»Ich komme von Ihrem Mann. Er wird heute nicht heimkehren.«

Die Frau erschrak sichtlich. »Wie?«

»Ich bin der Ingenieur Rambold. Es hat sich heute ein Unfall ereignet …«

»Ach! Kommen Sie herein!«

Die hagere Frau trat von der Tür zurück. Sie ging in die Stube und machte das Licht an.

Rambold folgte ihr und warf einen Blick in den einfachen, etwas überladenen, aber nicht unsauberen Raum.

Sie sahen sich an. In ihrem Gesicht drückten sich Angst und Sorge aus.

»Was ist mit meinem Mann?«, fragte sie.

»Er wurde ins Krankenhaus gebracht, um dort behandelt zu werden.«

»Hat er sich denn so schwer verletzt?«

»Er ist von der Brücke gestürzt, hat aber glücklicherweise keine ernsthaften Verletzungen davongetragen.«

Die Frau atmete auf.

»Wie kann er von der Brücke stürzen? War sie denn nicht genügend gesichert?«

»Doch. Ich kann es mir selbst nicht erklären und muss morgen eine genaue Untersuchung anstellen. Ich wollte Sie zuerst verständigen, damit Sie nicht in Angst geraten, wenn er heute nicht heimkommt.«

»Danke. Ist es wirklich nicht so schlimm mit ihm?«, fragte sie zweifelnd.

»So viel der Arzt feststellen konnte, sind ein paar Rippen gebrochen. Es kann schon sein, dass er längere Zeit liegen muss. Wenn Sie ihn besuchen wollen …«

»Lieber Gott, dazu habe ich keine Zeit! Jetzt, wo das Heu droben am Hang liegt, und wenn ich schon ganz allein bin!«

»Wenn Sie jemanden brauchen, Frau Lebrainer, vielleicht kann ich Ihnen einen Mann schicken.«

»Das ist nicht notwendig.«

»Ihr Mann ist versichert, trotzdem will ich dafür sorgen, dass Sie gleich zu Geld kommen. Wie viele Kinder haben Sie?«

»Sieben.«

»Das älteste?«

»Neun Jahre.«

Er streifte die hagere, fast schmächtige Gestalt der Frau mit seinem Blick. »Sie sollen dadurch nicht in Not geraten«, versicherte er noch einmal und bot ihr die Hand.

»Ich danke Ihnen, Herr Ingenieur!«

Nun, das war nicht so schlimm abgegangen, dachte Martin Rambold, als er über die Halde hinab zur Straße stieg, wo er sein Auto stehen hatte. Diese Frau, die wohl immer schon vom Leben hart angefasst worden war, nahm ihr Schicksal in die Hand, akzeptierte es, wie es war. Aber der Gedanke daran, dass heute sieben Kinder beinahe ihren Vater verloren hätten, ließ ihn erschauern …

Er blieb stehen und warf einen Blick auf das einsame Haus zurück, hinter dem der dunkle Wald mit unheimlichem Schweigen lag. Wie einsam manche Menschen wohnen, dachte er. Sie leben außerhalb des Weltgeschehens, uneingesehen und unbelästigt von Nachbarn. Hier hätte man sich verkriechen können, wenn man aus irgendeinem Grund das Gesicht der Menschheit nicht mehr ertrug oder im Hinterhalt liegen wollte, um von dort die Straße zu belauern wie die Raubritter im Mittelalter.

Aber an so etwas dachte der Lebrainer nicht. Er war ein rechtschaffener und fleißiger Mann und hatte gar keine Zeit dazu.

Und seine Frau auch nicht.

Martin Rambold sprang auf die Straße und in sein Auto.

Die Wunde an seinem Arm schmerzte, wenn er eine unvorsichtige Bewegung machte. Dieser Schmerz erinnerte ihn sofort an die stolze, zurückhaltende Juliane, mit der er heute ein so eigentümliches Gespräch geführt hatte. Was war denn auf einmal mit ihm los, dass er sich gerade mit dieser Frau so oft und eingehend beschäftigen musste?

Konnte es ihm nicht gleichgültig sein, wie sie von ihm dachte und was sie von ihm hielt?

Er hatte sie heute in einem ganz anderen Licht gesehen. Das war es: Sie hatte ihn überrascht mit ihrer besonnenen Ruhe, mit ihrer Kraft und Überlegenheit.

Gleich am nächsten Morgen fuhr Martin Rambold ins Dorf hinunter und hielt vor dem Doktorhaus.

Aber von Juliane war nichts zu sehen. Die Tür stand offen. Im Wartezimmer saßen ein paar Leute, und durch die Zwischentür war bisweilen ganz leise die Stimme des Arztes zu vernehmen.

Ein alter Bauer, der offenbar unter schwerer Atemnot litt, saß der Tür am nächsten und starrte ihn mit blutunterlaufenen Augen an.

Ein paar Frauen unterhielten sich leise über ihre Krankheiten, und wenn sich unmittelbar hinter der Tür etwas zu regen schien, dann hoben sie aufhorchend die Köpfe.

Martin blieb stehen und lehnte sich mit verschränkten Armen am Fensterbrett an, obwohl noch Platz zum Sitzen gewesen wäre. Er war voller Unruhe.

Dann endlich ging die Tür auf. Eine junge Frau kam heraus. Sie griff nach ihrer abgestellten Tasche, grüßte die Wartenden und ging davon …

»Der Nächste bitte!«, sagte eine weibliche Stimme.

Unter der Tür stand Juliane. Sie trug einen weißen Kittel, zu dem ihr dunkles Haar in einem hübschen Kontrast stand. Ihr Gesicht war ernst, aber nicht unfreundlich und ganz von ihrer Aufgabe als Arzthelferin erfüllt.

Ihr Blick streifte den Mann am Fenster, und mit einem Nicken des Kopfes erwiderte sie seinen Gruß, ohne zu erkennen zu geben, ob und wie sie von seiner Gegenwart berührt wurde.

Da hatte der alte, schweratmige Bauer sich bereits aufgerappelt. Sie griff ihm unter den Arm und führte ihn ins Sprechzimmer. Die Tür ging zu.

Aber es dauerte nicht lange, da erschien sie erneut und kam diesmal auf Rambold zu.

»Bitte, kommen Sie mit!«, sagte sie und ging auf die Eingangstür zu.

Er folgte ihr und ließ sich in ein wohnlich eingerichtetes Nebenzimmer führen.

»Nehmen Sie einen Augenblick Platz, Herr Rambold! Mein Bruder wird gleich kommen!«

»Danke!«

»Ist etwas mit Ihrer Wunde?«

»Nein, ich wollte nur hören, was mit dem Lebrainer ist.«

»So viel ich weiß, ist es nicht ganz so schlimm.«

Er atmete auf.

»Mein Bruder möchte mit Ihnen sprechen. Haben Sie einen Moment Geduld!«

Sie wollte gehen.

»Sie haben wohl keinen Augenblick Zeit für mich?«, fragte er rasch.

Sie wandte sich nach ihm um und schaute ihn betroffen an. »Gerade nicht. Haben Sie mir etwas zu sagen?«

»Eine ganze Menge! – Ich weiß nicht mehr, was ich gestern in meiner Verfassung alles an Sie hingeredet habe.

Es ließ mir keine Ruhe; es geht mir wie einem, der ein schlechtes Gewissen hat.«

Sie lächelte. »Sie dürfen mich nicht für eine Gewächshauspflanze halten, die kein frischer Wind anblasen darf!«, entgegnete sie – und sie kam ihm in diesem Augenblick so eigentümlich vor, wie sie da vor ihm stand, die Hände in die Taschen ihres Kittels versenkt. Hatte sie denn zwei Gesichter?

Noch nie war sie ihm so schön, so fraulich vorgekommen.

»Ich war bis auf den Tod krank«, fuhr sie fort. »Jahrelang galt ich als verloren, auch damals noch, als mein Bruder mich zu sich in dieses Haus nahm. Heute bin ich vollkommen gesund. Sie dürfen also nicht glauben, dass kein Willen in mir steckt!«

Da ging die Tür auf, und Doktor Hans Erber kam herein. Er grüßte kurz und wandte sich an seine Schwester, ihr ein paar Anweisungen erteilend.

Sie ging sofort davon.

Rambold war aufgestanden. »Verzeihen Sie, Herr Doktor, aber Sie werden verstehen, dass ich mit einiger Ungeduld diesen Morgen abgewartet habe. Was ist nun mit dem Lebrainer?«

»Wie ich Ihnen gesagte habe: ein paar Rippenbrüche und totale Erschöpfung. Wenn keine Komplikationen auftreten, sodass er sich infolge einer Erkältung eine Lungenentzündung zugezogen hat, dürfte er in einigen Wochen wieder hergestellt sein. Meine Schwester hat ihm in kluger Voraussicht bereits vorbeugende Mittel gegeben.«

Rambold atmete befreit auf.

»Das allein ist es nicht, was ich Ihnen sagen wollte: Der Unfall muss ordnungsgemäß registriert werden, und da Verdacht auf Fahrlässigkeit besteht, wird es nicht zu umgehen sein, dass eine polizeiliche Untersuchung vorgenommen wird.«

»Was hat die Polizei damit zu tun, Herr Doktor?«

»Es war ein Menschenleben in Gefahr, und wie der Lebrainer zu Protokoll gab, sogar deren zwei. Sie hätten ebenfalls zu Grunde gehen können, als Sie dem Verunglückten in den Staukessel nachstürzten!«

»Hätte ich warten sollen, bis der Mann ersäuft wie eine Maus im Wasserkübel?«

»Gewiss nicht. Ich gebe zu, dass es die letzte Chance war, den Mann zu retten. Aber es hätte auch Ihr Leben kosten können!«

»Daran denkt man in solchen Augenblicken nicht!«

»Ist die Frau verständigt?«

»Ja, ich habe bereits veranlasst, dass ihr zu Überbrückung ein entsprechender Unterstützungsbetrag ausbezahlt wird.«

Der Arzt nickte zufrieden. »Und wie, glauben Sie, konnte dieses Unglück überhaupt geschehen?«

»Offen gestanden habe ich mich mit dieser Frage noch nicht beschäftigt. Die Brücke war vorschriftsmäßig abgesichert …«

»Trotzdem brach das Geländer durch …?«

»Ich hoffe, dass eine genaue Untersuchung Klarheit bringt!«

»Es kann nur an einer unsachgemäßen Anbringung der Schutzvorrichtung gelegen haben!«

»Nicht allein, Herr Doktor!«

»Sondern noch …?«

»An einer Sabotage!«

»Wo denken Sie hin?«

»An einen Anschlag, nicht auf Lebrainer, der steht niemandem im Weg, sondern auf mich!«

»Sind Sie verrückt?«

»Ich weiß nicht, von wem diese Feindschaft hier in diesem Dorf gegen mich ausgeht, auch nicht, warum man mir so viel Misstrauen entgegenbringt. Man will, dass der Wildbach gezähmt wird, weil man sich vor seinen Fluten fürchtet, aber man will den Mann nicht, der das Werk ausführt. Ich kann mir denken, dass ich mich bei diesen und jenen Arbeitern unbeliebt gemacht habe, weil ich ihnen zu hart auf die Zehen stieg, wenn es um das Ganze ging. Es tut mir Leid, dass ich so wenig Verständnis finde für die unvorstellbar schwierigen Situationen, vor denen ich oft stehe.«

Es wurde an die Tür geklopft. Juliane streckte den Kopf herein. »Entschuldigung! Hast du für den Moosmüller das Rezept geschrieben?«, fragte sie ihren Bruder.

»Nein. Ich komme sofort!«

»Ich möchte Sie nicht länger aufhalten, Herr Doktor«, sagte Rambold. »Wir werden uns ja doch nicht verstehen! Sie haben sich von Anfang an gegen mich gestellt, zusammen mit Ihrem Bürgermeister, in dessen Augen ich ein notwendiges Übel bin!«

»Das ist nicht wahr!«, wehrte sich der Arzt.

»Warum lügen Sie?«

»Herr Ingenieur, ich muss schon bitten …«

Martin Rambold verbeugte sich. »Entschuldigen Sie die Störung, und schicken Sie mir die Polizei. Ich warte darauf!«

Das Mädchen schaute erschrocken drein. Es wusste nicht, was hier vorging. Sie sah die Entrüstung im Gesicht ihres Bruders, den düsteren, fast unheimlichen Blick Rambolds. Wohin soll das führen?

Rambold ging zur Tür.

Sie vertrat ihm den Weg. »Warum muss es zu solchen Unfriedfertigkeiten kommen?«

»Ich weiß es nicht, mein Fräulein. Da fragen Sie am

besten Ihren Herrn Bruder. Vielleicht gibt er Ihnen Bescheid. Ich empfehle mich!«

Und draußen war er.

»Was war denn?«, fragte Juliane.

»Er ist ein unverbesserlicher Hitzkopf!«, entgegnete der Doktor. »Jetzt verstehe ich, warum kein Mensch mit ihm zu tun haben will, nicht einmal Christoph Diepolter!«

»Man müsste ihm bloß etwas mehr Unterstützung gewähren!«, wandte sie ein.

»So?«, rief er erstaunt. »Es ist das erste Mal, dass du für ihn Partei ergreifst!«

»Wenn es sonst niemand tut ...«

»Das ist auch nicht nötig! Er nennt sich Ingenieur, und kein Mensch hier weiß, ob er es überhaupt ist!«

»Hans!«

»Er ist ein Fremdling, wie Diepolter ihn nennt.«

»Aber er wurde doch vom Bauamt geschickt.«

»Nein, er kommt von der Sektion und hat sich freiwillig zu dieser Arbeit am Wildbach gemeldet. Entweder steckt er voll krankhaftem Ehrgeiz oder er führt, weiß Gott, welche Absicht im Schilde. Ich kann ihn nun einmal nicht leiden!«

»Doch nicht etwa deshalb, weil die Eva ...«

»Unsinn!«, herrschte er sie an. »Wir müssen arbeiten!«

Mit festem Schritt kehrte er in sein Sprechzimmer zurück, und Juliane folgte ihm.

Sie stand wieder mit gesammelter Kraft unter der Zwischentür: »Der Nächste, bitte!«

Als die beiden Fremden, die in der Waldhütte des Lebrainers genächtigt hatten, am Morgen in die Stube traten, um heiße Milch zu trinken und eine Scheibe Brot dazu zu essen, erzählte ihnen die aufgeregte Frau, dass ihr Mann bei der Wildbachverbauungsarbeit verunglückt sei und im Krankenhaus liege.

In den beiden schien sich das Mitleid zu regen, zumal die Frau zu jammern begann, dass sie nun ganz allein sei mit der vielen Arbeit, die es zu tun gäbe, weil doch das Heu drüben noch in den Stadl einzubringen sei …

Da erbot sich der Ältere sofort, sich für ein paar Tage zur Verfügung zu stellen. Sie hätten drüben im Weißhaus das Land zu vermessen, könnten aber erst in einigen Tagen damit beginnen, wenn die Instrumente dazu eingetroffen seien. Und wenn es ihr, der Frau, keine besonderen Umstände bereite, hätten sie gern hier in ihrem Haus gewohnt, weil ihnen die Stille und Einsamkeit besonders zusage. Sie wollten ihr auch ein wenig bei der Arbeit helfen und die Kammer gut bezahlen …

Diese Bitte kam der Frau nicht ungelegen. Wenn die Fremden das Quartier schon gut bezahlen wollten und sich außerdem mit der Einfachheit ihres Hauses begnügten, konnte es ihr nur recht sein.

»Wenn Sie zufrieden sind, so wie es ist …«, sagte sie.

»Mit dem größten Vergnügen!«

Man wurde sich gleich handelseinig, und die Fremden bezahlten die Miete gleich für ein paar Wochen voraus. Dann gingen sie mit geschulterten Geräten hinauf zur Bergwiese, die hinter dem Wald lag, um das Heu zusammenzuraffen und anschließend einzufahren.

So ungewöhnlich es auch war, aber so etwas gab es. Auch heute noch gab es junge Menschen, die ihren Mitmenschen in Not und Bedrängnis Beistand leisteten.

Und zu diesen jungen Menschen gehörten scheinbar auch die beiden Landvermesser.

Nach Feierabend liefen sie sogar noch mit den Kindern draußen im Hof herum, damit die Frau ungehindert und unbesorgt die Stallarbeit erledigen konnte.

Als dann die Kinder in ihren Betten lagen, wo sie noch voll Begeisterung von den neuen Hausgenossen sprachen, bis sie einschliefen, kam die Frau in Gesellschaft der beiden Landvermesser abermals auf das Unglück ihres Mannes zu sprechen. Sie wusste noch immer nicht, wie es eigentlich zugegangen war, dass der umsichtige und bedächtige Lebrainer überhaupt abstürzen konnte. Sie musste erst abwarten, bis ein Bescheid eintraf, und sich zunächst damit begnügen, dass ihr Mann wenigstens mit dem Leben davongekommen war, wenn er auch leider ein paar Wochen im Krankenhaus verbringen musste. Sie meinte, dass er diese Ruhe auch einmal verdient habe; denn er habe zeitlebens nur schwer gearbeitet.

Da wurde sie jedoch von den beiden Landvermessern, die sich gar nichts auf ihre gehobene Stellung einzubilden schienen und sich so einfach gaben, dahingehend unterrichtet, dass die Schuld an dem Unglück die Verantwortlichen treffe. Das seien in diesem Fall der Ingenieur, der mit dem Bau betraut sei, und der Bürgermeister von Mölk, der im Namen der Gemeinde zu solcher Arbeit aufgerufen habe. Sie möge immer bedenken, dass ihr Mann tot sein könnte, und das unter ganz erbärmlichen Umständen.

»Um Gottes willen!«, rief die Frau.

»Man braucht sich ja nur vorzustellen, in welcher Todesangst er sich befand, als er sehen musste, dass er der Flut nicht mehr entrinnen kann und elendiglich ertrinken muss!«

Die arme Frau starrte mit entsetztem Gesicht den Landvermesser an. »Davon hat der Ingenieur nichts erzählt!«

»Das glaube ich gern! Er hat gewusst, wie hart Sie die Wahrheit treffen würde. Er war sich seiner Schuld bewusst. Sie werden ja hören, was Ihr Mann dazu sagen wird!«

»Der Lebrainer? Ach der! Der würde sich auf seinem Rücken das Korn dreschen lassen, ohne sich zu beklagen.«

»Dann müssen Sie an seiner Stelle Klage auf Schadenersatz erheben!«

»Was soll ich?«

»Sie müssen den Ingenieur verklagen! Es wird zu einem Prozess kommen, den er verlieren wird. Die Firma oder der Staat muss Ihnen das Geld zahlen, womit Sie dann einen Bauernhof ersteigern können!«

Wie gerissen diese Menschen waren, dachte die einfache Frau. Einen Bauernhof? Nein, den wollte sie nicht! Aber man sollte sie nicht mit ein paar lumpigen Mark abspeisen!

Deshalb fand Martin Rambold, als er an einem der folgenden Abende das Haus am Waldrand wieder betrat, die Frau in einem sehr veränderten Zustand vor. Sie überhäufte ihn mit heftigen Vorwürfen und klagte ihn der Gleichgültigkeit und des Leichtsinns an. Für sie sei der Lebrainer immer noch der Mann, mit dem sie im Leben zusammengehöre, und er sei Vater von vielen Kindern, die ihn alle nötiger brauchten als das Salz in der Suppe. Er möge bedenken, was er, der Herr Ingenieur, angestellt hätte, wenn der Lebrainer elendig im Staubecken ertrunken wäre! Mit ein paar lumpigen Mark Unterstützungsgeld sei die Sache noch lange nicht abgeglichen. Sie wolle Genugtuung für ihren Mann! Volle Genugtuung für seine ausgestandenen Schmerzen und Ängste …

Martin konnte sich nicht genug wundern über diese plötzliche heftige und gehässige Art der Frau, deren Ruhe und Gefasstheit er vor wenigen Tagen noch gelobt hatte.

»Wer hat Sie denn gegen mich aufgehetzt, Frau Lebrainer?«

»Niemand!«

»Von sich aus haben Sie diese Gedanken nicht! Wer steckt dahinter?«

»Freilich, Sie haben noch Grund, sich aufzuregen! Wer anderes ist denn schuld an dem Unglück als Sie? Wenn Ihnen die Arbeiter nicht mehr bedeuten als ein Stück Holz, das ruhig in den Wildbach fallen kann, dann lassen Sie lieber die Hände davon weg! Aber mit dem Lebrainer konnten Sie es ja machen! Der springt ins Feuer, wenn Sie es ihm befehlen!«

»Wenn Sie schon wissen, dass Ihr Mann in den Staukessel gefallen ist, aus dem er sich nicht mehr retten konnte, dann sollen Sie auch erfahren, dass ich ihm nachgesprungen bin und mein eigenes Leben eingesetzt habe, um ihn herauszuholen. Für ein Stück Holz hätte ich das wohl nicht getan! Aber weil ich in ihm den Menschen und auch den Vater kleiner Kinder gesehen habe, gab es für mich nur als einzige Möglichkeit, die Rettung auf diese Art und Weise zu wagen, obwohl der Erfolg ganz und gar nicht garantiert war.«

Er griff in seine Jackentasche und zählte einige Geldscheine auf den Tisch. »Ich weiß, was meine Pflicht ist, Frau Lebrainer. Ich werde dafür Sorge tragen, dass Sie und Ihre Kinder keine Not leiden, so lange Ihr Mann krank ist. Ich rechne es Ihrer verständlichen Aufregung zu, dass Sie mir unwissentlich Unrecht tun. Ich habe keine Schuld an diesem Unglück!«

Die Frau war verblüfft. Es ging ihr wieder wie das erste Mal: Sie konnte dem Fremdling ihre Achtung nicht versagen, und sie bereute ihre heftigen Worte.

»Bitte verzeihen Sie mir!«, bat sie.

»Es ist schon gut!«

»Wissen Sie, wie es meinem Mann geht?«

»Besser. – Am Sonntag nehme ich Sie mit zu ihm ins Krankenhaus.«

Die Arbeiter von der Baustelle sahen in dem Ingenieur Martin Rambold auf einmal einen ganz anderen Menschen. Sie waren fast ausnahmslos Augenzeugen gewesen bei dem dramatischen Geschehen am Staubecken. Jeder hatte an sich selbst gefühlt, was es an Kraft und Mut bedurfte, um sich zur Rettung eines Kameraden in die grausige Schlucht zu stürzen. Jeder Einzelne war überzeugt, dass sich in tausend ähnlichen Fällen kein solches Wagnis mehr wiederholte.

Martin Rambold hatte für einen seiner Arbeiter Kopf und Kragen riskiert. Sie sahen in ihm plötzlich nicht mehr den rauen, robusten Antreiber, dem es nur um Leistungsrekorde ging, der auf Kosten fremder Kräfte den Ruhm des einmal Erreichten für sich einstreichen wollte.

Sie sahen in ihm einen Kameraden im Kampf mit dem Wildbach.

Es war, als hätten die Mannschaften durch dieses Unglück großen Auftrieb erhalten. Auf einmal gab jeder sein Letztes.

Und als die gefährlichste aller Baustufen fertig war, versammelten sich die Leute um den fremden Ingenieur und freuten sich mit ihm.

Aber war Martin Rambold nicht ein anderer geworden? Früher hatte man überall seine raue, laut antreibende Stimme gehört. Er war hin und her gerannt wie ein vom Sturm gepeitschtes Rohr. Jetzt war er still geworden, und was er tat, geschah mit Besonnenheit und Überlegung.

An einem Zahltag, als die Arbeiter sich zum Feierabend vor der Baracke versammelten, um vom Ingenieur aufgerufen zu werden, damit sie ihr Geld in Empfang nehmen konnten, passierte lange nichts.

Die Tür war geschlossen, und sie blieb es auch noch, als die übliche Uhrzeit, zu der alle normalerweise ihr

Geld schon in Empfang genommen hatten, längst überschritten war. Und trotzdem wussten alle, dass Rambold sich in der Hütte befand. Einige hatten ihn zur gewohnten Stunde hineingehen sehen. Sie wussten, dass er jetzt das Geld abzählte und die Listen herrichtete, auf denen jeder einzelne Lohnempfänger unterschreiben musste.

Endlich ging die Tür auf. Martin trat aus der Hütte. Sein Gesicht war bleich, sein Blick wanderte über die Leute hin, als wollte er jeden Einzelnen erfassen.

Was war denn geschehen?

»Es tut mir Leid, dass ich heute nicht auszahlen kann«, begann er plötzlich mit vor Erregung zitternder Stimme. »Ich habe eben festgestellt, dass in die Hütte eingebrochen und das ganze Geld gestohlen wurde.«

Einen Augenblick war es totenstill. Die Gesichter der Männer, in denen sich eben noch das freudige Gefühl des endlich erreichten Feierabends gespiegelt hatte, erstarrten unter der Wucht der unerhörten Erklärung.

»Es ist mir nicht möglich, das Geld im Handumdrehen zu beschaffen«, fuhr der Ingenieur mit gewaltsam zur Ruhe gezwungener Stimme fort. »Aber ich werde dafür sorgen, dass jeder seinen Lohn vielleicht schon morgen erhält.«

Es war kein Murren über diese Erklärung, das jetzt losbrach, sondern die Entrüstung über die Gemeinheit, die ihnen allen angetan worden war.

Martin musste seine Stimme erheben, damit er sich in dem Stimmengewirr durchsetzen konnte. »Es wird schwer fallen, den Einbrecher ausfindig zu machen, weil er keine Spuren hinterlassen hat. Sollte er aber in unseren eigenen Reihen zu finden sein, dann mag er bedenken, dass er durch diese Gemeinheit nicht mich, sondern seine eigenen Kameraden geschädigt hat, die ich heute mit leeren Händen heimschicken muss!«

Jetzt wurden die Stimmen noch einmal lauter und erregter. Die Männer schauten einander an.

»Sollte einer von euch irgendetwas bemerkt haben, sodass er in den letzten zwei, drei Stunden hier jemanden um die Hütte herumschleichen gesehen hat, der soll vortreten und mir in die Hütte folgen!«

Niemand rührte sich, keine Stimme wurde laut. Einer schaute den anderen an. Keiner hatte etwas gesehen.

»Es tut mir Leid, Leute, aber ich kann es nicht ändern! Gute Nacht!«, sagte der Ingenieur und trat in die Bauhütte zurück.

Die Tür wurde geschlossen.

Eine Weile diskutierten die Arbeiter noch untereinander. Wenn der Dieb unter den eigenen Leuten war, dann schrie er jetzt bestimmt mit den anderen und tat vielleicht am lautesten und entrüstetsten.

Wo konnte er denn sonst noch zu suchen sein? Doch nicht unter den Bauern von Mölk! Herrgott noch einmal, der Verdacht konnte damit auf jeden fallen, auch wenn er bis heute als aufrichtiger und ehrlicher Mann gegolten hatte.

Es dauerte noch ein ganze Weile, bis die erhitzten Gemüter sich beruhigt hatten und nach und nach abzogen, um in den Feierabend zu gehen, ohne Geld wie sonst an diesem Tag und ohne die Aussicht auf die übliche feuchtfröhliche Einkehr im Wirtshaus.

Es war wirklich eine Gemeinheit, die ihnen angetan wurde, egal in welchen Kreisen der Einbrecher zu suchen war.

Martin Rambold nahm noch einmal den Schauplatz der Tat in Augenschein, aber es war nichts Auffälliges zu entdecken, nicht einmal am Schrank, an dem das Schloss zerstört war.

Nur an einem Fenster war eine Scheibe aufgeschnitten.

Hier war der Einbrecher eingestiegen. Er hatte mit der Hand den Fensterriegel erreicht und den Flügel aufgedrückt. So war er in die verschlossene Hütte gelangt.

Merkwürdig war nur, dass niemand etwas davon bemerkt hatte. Der Täter musste mit den Arbeitsgewohnheiten eng vertraut sein, so eng, wie es nur einer sein konnte, der selbst hier Tag für Tag mit dabei war.

Bei diesem Gedanken traten auf die Stirn des Ingenieurs düstere Zornesfalten. Er musste sich doch einmal die Zeit nehmen und die Papiere seiner Leute genau durchsehen. Er wusste nicht einmal, was sich hier alles herumtrieb …

Als Erstes musste er auf der Polizeiwache Anzeige erstatten und beim Betriebsbüro Meldung über den Einbruch machen.

Als er die Hütte verließ, war von den Arbeitern niemand mehr da. Er stand ganz allein in der Wildnis der Natur. Er hörte das Rauschen des Wasserfalls herüber und sah das Glühen der Torkogelspitze im Schein der sinkenden Sonne.

Er kam an diesem Abend nicht heim ins Forsthaus am Kapellenberg, sondern fuhr gleich in schneller Fahrt talwärts Richtung Dorf.

Lange konnte man seinen Wagen vor der Polizeidienststelle stehen sehen. Es wurde sofort ein Protokoll aufgenommen, ehe die Ermittler ihre Tätigkeit aufnahmen.

An diesem Abend, als bereits die Nacht zu dämmern begann, ging Doktor Erber der Hölltalsäge zu. Wenn es dorthin auch eine gute halbe Stunde zu gehen war, so machte er den Weg doch zu Fuß, um sich ein wenig bewegen zu können nach der langen, anstrengenden Tagesarbeit.

Die Säge stand still. Die Tore waren geschlossen.

Er ging über die schmale Schleusenbrücke dem Hof

zu. Auf der Hausbank saßen die Angestellten zusammen, ein paar Knechte und Mägde mit sonnengebräunten Gesichtern. Sie wollten noch in der Abendkühle und in der stillen Geborgenheit der Einöde ihr Gemüt und Herz laben, ehe sie sich zum Schlafen niederlegten. Sie taten nicht mehr, als ein paar heitere Worte zu wechseln und den Fledermäusen nachzuschauen, die jetzt unter dem dunklen Vordach der Scheune hervorschossen und in flatterigen Flügen um die Bäume kreisten oder an der Hausfront auf und nieder pendelten.

Unter einem offenen Fenster des Obergeschosses lehnte Eva und schaute nachdenklich in den Abend.

Als sie in der Ferne die Gestalt des Doktors herankommen sah, zog sie den Kopf zurück und verschwand vom Fenster.

Gleich darauf erschien sie unter der Tür, verließ das Haus und lief dem Arzt entgegen.

»Sie kommen zu uns, Doktor?«, rief sie erfreut.

»Ein bisschen spät, nicht wahr? Aber es ließ sich nicht früher machen.«

»Zum Vater … oder zum Bürgermeister?«

»Zum Bürgermeister … das heißt, eigentlich zu seiner Tochter, um sie zu fragen, was man ihr im Doktorhaus getan hat, dass sie sich dort nicht mehr sehen lässt. Den Bürgermeister nehme ich nebenbei zum Vorwand, wenn ich ganz ehrlich sein soll!«

Sie lachte. »Mein Gott, während der Heuarbeit gab es so viel zu tun, und der Feierabend wurde immer später. Gott sei Dank sind wir damit jetzt fertig.«

»Aber mit dem Auto ist man doch schnell im Dorf, Eva!«

»Ich fahre nicht mehr mit dem Auto.«

Er schaute sie überrascht an. »Haben Sie keine Courage mehr?«

»Nein. Seit meinem Unfall geht es mir wie einem gebrannten Kind!«

»Nein, nein! So dürfen Sie nicht denken. Sie müssen wieder vorsichtig anfangen, und das möglichst bei Tag. Dann kann nichts Schlimmes passieren. Übrigens, die Juliane ist sehr traurig, weil Sie sich nicht mehr bei uns sehen lassen.«

»Glauben Sie, dass allein das der Grund ihrer Traurigkeit ist?«

»Welchen könnte sie sonst haben?«

»Vielleicht ist sie verliebt?«

Er musste lachen. »Ich kann mir nicht vorstellen, dass sie bei ihrer ganzen Einstellung zu Männern auf eine solche Idee verfällt! Übrigens, ist die Liebe wirklich ein Grund zur Traurigkeit, Eva?«

»Manchmal schon«, lachte sie. »Gibt es etwas Neues? Wie geht es dem Lebrainer?«

»Den Verhältnissen entsprechend. Vor der Polizeidienststelle habe ich den Wagen des Ingenieurs stehen sehen. Ist das eine Neuigkeit?«

Sie horchte gespannt auf. »Der Wagen des Ingenieurs?« Sie glaubte nicht richtig gehört zu haben. »Was hat der Martin Rambold mit der Polizei zu schaffen?«

»Das kann ich mir so wenig denken wie Sie, wenn es sich nicht um eine Selbstanklage handelt.«

»Wozu eine Selbstanklage?«

»Ich meine wegen des Unfalls vom Lebrainer ...«

»Das ist ja ein Witz!«, rief sie.

»Keineswegs. Die Schuldsprechung wird ihn so lange belasten, bis er es nicht anders beweisen kann. Wen sonst sollte man zur Verantwortung ziehen?«

»Man sagt, dass er dem Lebrainer unter schwersten Bedingungen das Leben gerettet hat! Was will man denn noch?«

»Trotzdem. Die Fahrlässigkeit ist dadurch nicht wettgemacht!«

Sie war verstimmt und schwieg.

»Ist Ihr Vater daheim, Eva?«

»Ja.«

»Ich möchte gern mit ihm sprechen.«

Sie gingen auf das Haus zu. Aus den Fenstern der Stube fiel bereits Licht. Die Angestellten saßen noch immer auf der Hausbank.

»Guten Abend, Herr Doktor!«, grüßten sie.

Er erwiderte freundlich den Gruß und ging mit Eva zur Tür hinein.

Christoph Diepolter saß unter der Lampe und bereitete die Unterlagen für die Gemeinderatssitzung vor, die morgen Abend stattfinden sollte.

»Bringen Sie etwas Neues, Herr Doktor?«

»Nein. Ich wollte nur im Vorbeigehen ›Grüß Gott‹ sagen.«

»Bitte nehmen Sie Platz!«

»Wenn ich nicht störe.«

»Ach, das hat Zeit bis nachher.«

Eva wollte wieder gehen.

»Sie werden uns doch nicht allein lassen?«, fragte Hans Erber. »Ich habe nichts Dienstliches mit Ihrem Vater zu besprechen!«

»Dann bleib!«, befahl der Bürgermeister.

Sie setzte sich mit an den Tisch und hörte schweigend der Unterhaltung zu.

»Wie geht es dem Lebrainer?«

»Wenn nichts mehr dazwischenkommt, ist er außer Gefahr.«

»Ohne dass ein Schaden zurückbleibt?«

»So sieht es aus.«

»Trotzdem können wir die Sache nicht auf sich beruhen lassen!«, sagte der Bürgermeister. »Wer weiß, was dieser Hitzkopf und Draufgänger hier noch alles anstellt. Ich habe einen Antrag ausgearbeitet, über den morgen ein Beschluss gefasst werden soll. Wir wollen, dass dieser Rambold abberufen wird, und zwar sofort!«

Der Arzt zuckte die Schultern. »Ich fürchte, es wird sich schwer ein Ersatz für ihn finden lassen. Es dürfte keinen zweiten Mann mehr geben, der mit so viel Verwegenheit und Energie die Arbeiten vorantreibt und mit allen Schwierigkeiten, die das Gelände ihm entgegenstellt, fertig zu werden weiß.«

»Doch ... jetzt schon. Ich habe festgestellt, dass die Baustufen durch die Felsenschluchten so ziemlich fertig gestellt sind. Der restliche Abschnitt bereitet keine Schwierigkeiten mehr. Wir können also getrost auf den Mann verzichten!«

»Das ist gemein!«, entkam es dem Mädchen, das mit gesteigerter Entrüstung den Ausführungen des Vaters gefolgt war.

Christoph Diepolter zog die Stirn kraus und warf seiner Tochter einen bösen Blick zu. »Wie? Was hast du da eben gesagt?«

Eva bekam einen roten Kopf. Aber sie hielt dem Blick des Vaters trotzig stand. »Man hat also dem Rambold den schwierigen Teil der Verbauung überlassen und vorausgesetzt, dass er mit all den Gefahren allein fertig wird. Jetzt, da es so weit ist, kann er gehen!«

»Schweig! Du verstehst nichts davon!«, herrschte der Alte seine Tochter an, ohne sich durch die Gegenwart des Arztes auch nur im Mindesten gehemmt zu fühlen.

»Ich verstehe nur, dass es eine Gemeinheit ist, wenn man sich zuerst von einem Mann die Kastanien aus dem Feuer holen lässt, ehe man ihn aus dem Haus jagt!«, widersetzte sich das Mädchen.

Christoph Diepolter schwollen die Adern an den Schläfen an, und eben wollte er in seiner gefürchteten Art seinem Willen Respekt verschaffen, da fiel ihm Doktor Erber ins Wort: »Ich teile die Meinung Ihrer Tochter, Herr Bürgermeister!«

»Sie?«, schrie Diepolter erregt.

»Ich bin dafür, dass man ihm die Gelegenheit geben sollte, sich zu bewähren. Er ist noch jung. Es könnte passieren, dass ihm dadurch die Zukunft verbaut wird.«

Eva schaute den Arzt dankbar an.

»Vor wenigen Tagen erst waren Sie bei mir, Herr Doktor, und es war Ihnen geradezu ein Bedürfnis, den Unfall Lebrainers der Polizei zu übergeben. Erinnern Sie sich?«

»Ich habe inzwischen Gelegenheit gehabt, den fremden Ingenieur näher kennen zu lernen, Herr Bürgermeister. Ich schäme mich nicht, wenn ich heute alle meine Vorurteile zurückziehe und meinen Irrtum bekenne. Achtung, wem Achtung gebührt! Wenn man allein schon bedenkt, unter welchen Bedingungen er dem Lebrainer das Leben gerettet hat! Sie finden unter Tausenden von Männern keinen, der in gleicher Situation dasselbe wagt.«

»Er ist ein verwegener Bursche, weiter nichts! Und gerade seine Verwegenheit im Denken und Handeln ist die Gefahr, der wir aus dem Weg gehen müssen!«

»Lassen Sie ihm nochmals Zeit, Herr Bürgermeister! Stellen Sie den Antrag zurück! Sie brauchen ihn ja nicht zu zerreißen, dann haben Sie ihn gleich zur Hand, falls Sie ihn noch brauchen sollten!«

Christoph Diepolter stand auf und fing an, in der Stube auf und ab zu gehen. Er stellte sich eine Weile unter das Fenster und schaute in die dämmernde Nacht hinaus.

Eva wandte ihr Gesicht dem Arzt zu. Es war jetzt nicht mehr Dankbarkeit, was sich darin ausdrückte, sondern Verwunderung und Bewunderung.

Die Haltung des Arztes kam ihr sehr männlich vor, geradezu heldenhaft.

Aber er wich ihrem Blick aus und schaute nachdenklich vor sich nieder. Die Stille, die jetzt in der Stube herrschte, war bedrückend.

Wer von den beiden würde siegen, Christoph Diepolter, der Bürgermeister, dessen Stimme bei allen Entscheidungen den Ausschlag gab, oder Hans Erber, der Arzt, der sich im Dorf großer Achtung und Beliebtheit erfreute?

Da hörte man plötzlich das Brummen eines Motors. Ein Auto war am Haus vorgefahren.

Sie horchten alle drei auf.

Christoph Diepolter trat vom Fenster zurück. Seine Stirn war gefurcht. In seinem Blick war ein Blitzen.

Im Flur war ein dröhnender Schritt zu hören. Dann wurde an die Tür geklopft.

»Herein!«

Die Stimme des Bürgermeisters klang drohend. Herein kam Martin Rambold. Er grüßte kurz und sachlich.

»Was gibt es?«, fragte Diepolter, der immer noch stand.

»Kann ich Sie sprechen, Herr Bürgermeister?«

»Dienstlich?«

Martin warf einen Blick auf die beiden am Tisch. »Wenn es die Herrschaften nicht stört … ich habe keine Geheimnisse: In meiner Bauhütte ist heute Nachmittag eingebrochen worden.«

»Und …?«

»Dem Dieb sind die ganzen Lohngelder in die Hände gefallen!«

Einen Augenblick war es still, dann platzte Diepolter heraus: »Sehen Sie, Herr Ingenieur! Das sind die Geister, die Sie geweckt haben! Arbeiter, die ihren eigenen Herrn bestehlen! Ich habe nichts anderes erwartet, wenn man wie Sie aus allen Gegenden die Leute zusammenholt! Wenn man jedem dahergelaufenen Strolch Arbeit gibt! Es tut mir Leid, aber ich habe damit nichts zu tun! Das ist Sache der Polizei!«

»Ich habe bereits Anzeige erstattet. Um was ich Sie bitten wollte, ist der Gefallen, mir für etwa drei bis fünf Tage ein paar tausend Mark aus der Gemeindekasse vorzustrecken, damit die Leute zu ihrem Lohn kommen! Ich habe dem Betriebsbüro bereits Meldung gemacht, aber es wird einige Tage dauern, bis das Geld überwiesen ist.«

»Es tut mir sehr Leid, Herr Ingenieur, in dieser Sache kann ich nichts für Sie tun. Ich müsste erst den Finanzausschuss einberufen, und darüber würden ebenfalls mehrere Tage vergehen!«

Das Gesicht Martins wurde hart. »Welchen Rat können Sie mir geben, Herr Bürgermeister? Sie würden damit nicht mir, sondern den Leuten, die auf das Geld warten, einen Dienst erweisen!«

Auch das Gesicht Diepolters wurde steinern. »Sie sollen weniger trinken und besser sparen, dann haben sie in Zeiten der Not genug Geld, um existieren zu können!«

»Vater!«, rief Eva.

Er winkte unwirsch ab.

»Dann entschuldigen Sie, Herr Bürgermeister! Man geht leichter den Hund um einen Knochen an als einen reichen Mann um Geld!«

Christoph Diepolter sprang auf.

»Ich wünsche eine gute Nacht!«, sagte Martin und ging.

Er stand einen Augenblick draußen vor seinem Wagen und überlegte, was getan werden konnte. Woher sollte er über Nacht das Geld nehmen, um die Leute auszahlen zu können? Was sollte er morgen zu ihrem Trost sagen?

Er stieg in seinen Wagen und schaltete das Licht ein.

Da wurde an das Fenster geklopft.

Doktor Erber stand draußen.

Martin Rambold öffnete den Schlag, und der Arzt stieg ein.

»Fahren Sie mich zum Kirchhanser?«

»Wer ist das?«

»Ein Großbauer vom Dorf. Ich zeige Ihnen den Weg.«

Martin fuhr los.

»Der Kirchhanser ist der Kassierer der Raiffeisenbank. Dort habe ich mein Konto. Ich strecke Ihnen das Geld vor!«

Rambold hätte beinahe den Bordstein gerammt, so bestürzt war er von diesem Angebot. »Sie?«, fragte er.

»Warum nicht? Sie haben mich bis heute nur als Arzt gekannt, mit dem Sie einige Male zu tun hatten. Sie kennen mich noch nicht als den Freund, der ich sein möchte!«

»Herr Doktor!«

»Warum wundern Sie sich? Wir sind, so möchte ich fast glauben, von der gleichen eigenwilligen Natur. Nur Gegensätze ziehen sich an. Deshalb hat es bei uns etwas länger gedauert, bis wir uns ein wenig näher gekommen sind. Heute muss ich Ihnen sagen, dass ich an Ihrer Stelle genauso gehandelt hätte, abgesehen vielleicht von Ihrem verwegenen Sprung ins Staubecken. Dazu hätte mir wahrscheinlich der Mut gefehlt!«

»Nein!«, erwiderte Rambold begeistert. »Auch Ihnen hätte der Mut nicht gefehlt, Doktor! Sie sind nur nicht dabeigestanden, vielleicht wären Sie sogar um ein paar Sekunden schneller hineingesprungen, so wie ich Sie jetzt kennen gelernt habe!«

Sie fuhren ins Dorf.

»Was werden Sie tun, um dem Dieb auf die Spur zu kommen?«

»Ich weiß es noch nicht.«

»Vermuten Sie ihn in den Reihen Ihrer Arbeiter?«

»Ja … und nein. So wie die Dinge liegen, muss ich fast annehmen, dass der Bursche von der Baustelle ist … aber, und so weit kann ich mich auf meine Menschenkenntnis noch verlassen, ich habe keinen Gauner in meiner Mannschaft.«

»Dann wollen wir hoffen, dass Ihre Bemühungen zusammen mit denen der Polizei zum Erfolg führen!«

Sie hatten das Dorf erreicht. In den Gehöften war fast noch überall Licht.

»Hier!«, sagte Doktor Erber und deutete auf ein stattliches Haus, das hart im Winkel einer Straßenkreuzung lag.

Martin hielt den Wagen an.

»Warten Sie auf mich!«, sagte der Arzt und betrat das Haus.

Als er bald darauf zurückkam, übergab er dem Ingenieur das Geld in einem verschlossenen Umschlag.

»Ich danke Ihnen, Herr Doktor!«

»Es bedarf keiner Formalitäten zwischen uns, Herr Rambold. Unter anderen Umständen hätte ich Sie eingeladen, noch auf ein Stündchen mit mir heimzukommen! Ein anderes Mal aber wird es mir ein Vergnügen sein!«

»Ich hoffe, von Ihrer Einladung recht bald Gebrauch machen zu können!«

»Ich freue mich darauf. Kommen Sie gut heim! Gute Nacht!«

»Gute Nacht, Herr Doktor!«

Je weiter die Verbauungsarbeiten des Wildbaches fortschritten, die jetzt, nachdem das gefährliche und beschwerliche Felsgegrüft durchbrochen war, mit einer gewissen Schnelligkeit vorangingen, desto trübsinniger wurde der Fabian. Er sah das Ende seiner schönen Zeit, die er an der Seite des Ingenieurs erleben durfte, herannahen. Gerade dieser Mann, der ihm Bruder und Vater zugleich gewesen war, hatte einen unwahrscheinlichen Eindruck auf ihn gemacht. Er hing an ihm wie ein Hund, der aus einem quälerischen Daseinselend in die Hand eines guten Herrn kommt.

Der Junge zeigte sich nicht nur dem Ingenieur gegenüber anhänglich und dankbar, sondern sah auch in der alten Försterwitwe, die gegen seine Einquartierung nichts einzuwenden gehabt hatte, eine Wohltäterin, der er seine ganze Achtung und Liebe entgegenbrachte.

Gerade jetzt, da die großen Sommerferien begonnen hatten, konnte er die alte Frau in vielerlei Alltagsmühen unterstützen. Er trug das Holz, spannte das Seil zum Trocknen der Wäsche, klopfte die Teppiche und tat alles, was es sonst noch an solchen Arbeiten gab. Eine besondere Unterstützung fand sie dadurch in dem Jungen, dass sie jetzt den weiten Weg zum Dorf nicht mehr machen musste, wenn es etwas zu besorgen gab. Das erledigte alles der Fabian, und die alte Frau wunderte sich über seine Anstelligkeit und Folgsamkeit, nachdem er doch allseits als störrischer, unbrauchbarer Bub berüchtigt war.

Doch einmal, als der Fabian eben auf der Wiese das Seil für die Wäsche spannte, näherte sich der Ingenieur in Begleitung eines Polizisten dem Haus.

Er rief nach ihm, und der Junge ließ seine Arbeit liegen und lief auf die beiden Männer zu.

»Der Herr Wachtmeister möchte ein paar Fragen an dich richten, Fabian«, sagte Rambold. »Du wirst ihm ehrlich Antwort geben.«

Der Fabian schaute mit sehr gemischten Gefühlen zu dem Mann hinauf, denn er hatte schon ein paar Mal mit diesen uniformierten Gesetzeshütern unliebsame Bekanntschaft gemacht, wenn er mehrere Tage die Schule geschwänzt oder den Bauern die Fenster eingeworfen hatte. Das letzte Mal hatte ihn ein solcher Polizist auf der Straße aufgegriffen und zum Dorf zurückgebracht, von dem er geflohen war.

»Kannst du mir sagen, in welcher Baracke der Herr Ingenieur die Lohngelder verwahrt, wenn er sie am Zahltag mit zur Baustelle nimmt?«

»Ja, das kann ich schon sagen, denn ich war ja schon ein paar Mal dabei, wenn er die Geldkassette im Schrank eingesperrt hat.«

»Hast du dir nie gedacht, was man mit diesem vielen Geld anfangen könnte, wenn es einem gehören würde?«

»Doch ... ich habe mir gedacht, dass ich mir auch so ein Auto kaufen würde, wie der Herr Ingenieur es hat. Mit dem kann man über Stock und Stein fahren!«

Rambold musste lachen, und der Junge lachte mit.

Nur der Polizist blieb ernst. »Wie müsste man es anstellen, wenn man an dieses Geld kommen möchte?«

»Wie?« Fabian überlegte, dann machte er ein Spitzbubengesicht. »Man könnte es stehlen.«

»Richtig! Aber das Geld ist ja eingesperrt.«

»Dann müsste man die Hütte und den Schrank aufbrechen.«

»Wenn aber der Ingenieur um die Wege ist? Er würde es bestimmt merken.«

»Der ist nicht immer in der Nähe.«

»Weißt du, was die Leute im Dorf sagen? Dass es wahrscheinlich du warst, der das Geld gestohlen hat. Einem Gauner, wie du einer bist, dem fällt allerlei Schlimmes ein!«

Fabian schaute erschrocken auf den Ingenieur, der aber lachte unbekümmert vor sich hin.

Auch der Beamte schmunzelte. Es konnte also nicht so schlimm sein.

»Du kannst wieder an deine Arbeit gehen«, sagte der Polizist. »Ich nehme dich erst später mit.«

War das ein Scherz? Fabian ging wieder auf die Wiese hinaus. Sein Gesicht war finster geworden. Er hatte einen Groll auf die ganze Menschheit, die so leichtfertig über ihn, den armen, verlassenen Sohn, den Stab brach.

Den ganzen Tag brachte er diese Dinge nicht mehr aus dem Kopf. Er rechnete damit, dass der Polizist bestimmt noch einmal kommen würde, um ihn zu verhören. Wenn der Mann ihm nicht glaubte und sich der üblen öffentlichen Meinung anschloss, was sollte er dann tun?

Aber der Beamte kam nicht mehr. Er war mit dem Ingenieur auf den Berg gestiegen. Sie waren bis zum Einbruch der Nacht nicht zurückgekommen. Die Vernehmung der Arbeiter dauerte lange ...

Fabian lag schon im Bett, als der Ingenieur beim Vorbeigehen an seiner Kammertür den Kopf hereinstreckte.

»Schläfst du?«

»Nein«, antwortete der Junge.

»So ein Schlingel! Du solltest schon längst in so tiefem Schlaf liegen, dass man dich forttragen könnte!«

»Ich habe das Geld nicht gestohlen, Herr Ingenieur.«

»Das weiß ich – und der Polizist weiß es auch.«

»Warum hat er mich dann ausgefragt?«

»Es gibt halt ein paar Leute im Dorf, die mit unheilbarer Dummheit geschlagen sind. Denen wollte und musste er den Willen tun.«

»Zu denen gehört auch der Bürgermeister Diepolter!«

»Pst! Du hast eine recht respektlose Art, mein Junge!«

»Es ist doch wahr! Wenn einer mir Schlimmes will, ist er es oder der Saumberger und der Sonnleitner und.«

»Und alle, wie sie da drunten um den Kirchberg herum wohnen«, unterbrach ihn Rambold. »Aber das kann dir egal sein. Hier tut dir niemand etwas, auch kein Polizist.

Er hätte ganz anders gefragt, wenn er den Blödsinn geglaubt hätte. Drum sollst du jetzt schlafen. Morgen fahre ich in die Stadt!«

»Zum Lebrainer?«

»Auch. Und dich nehme ich mit.«

Einen Augenblick war es still. Eine freudigere Überraschung hätte Rambold dem Jungen nicht machen können. Es gab nichts Schöneres für ihn, als mit dem Ingenieur im Auto zu fahren.

»Einverstanden?«, fragte Rambold.

»Hurra!«, rief der Fabian.

»Und jetzt wird geschlafen! Verstanden?«

»Jawohl.«

»Gute Nacht, du Strolch!«

Am Morgen des folgenden Tages fuhren sie zuerst auf der Straße zum Weißhaus, auf die von der einsamen Waldhöhe das Haus des Lebrainers herabschaute.

Rambold stellte den Wagen an der Seite ab. »Warte hier!«, sagte er zu Fabian und eilte dann mit weit ausholenden Schritten den steinigen Zugangsweg hinauf.

Um das Haus geisterte eine Anzahl Kinder, die, als sie den Mann gewahr wurden, wie ein Rudel Mäuse zur Tür hineinhuschten, offenbar, um die Mutter über das Kommen eines fremden Mannes zu unterrichten.

Deshalb stand die Lebrainerin auch schon unter der Tür, als Rambold am Haus ankam. Sie hatte eine derbe Arbeitsschürze umgebunden und die Hände bis zu den Ellbogen hinauf voll Kleie und Kartoffelmehl. Sie war wohl gerade beim Füttern der Hühner oder Schweine.

»Ich fahre jetzt in die Stadt, Frau Lebrainer. Wenn Sie mitkommen wollen zu Ihrem Mann ... bis in etwa drei Stunden sind wir wieder zurück«, sagte Rambold.

Die Frau geriet in Bestürzung und Erregung. Sie hatte ihren Mann nicht mehr gesehen, seitdem er verunglückt war. Alles in ihr drängte sie dazu, aber da waren die tausend Hindernisse, die sich nicht im Handumdrehen wegräumen ließen. Sie schaute an sich hinab und rieb hilflos das Futtermehl von ihren Armen. »Aber ich bin ja gar nicht gerichtet ...«

»Macht nichts. Ich warte drunten im Auto.«

Die Frau schaute sich um. Hinter ihr standen die Kinder wie Orgelpfeifen, die neugierigen Augen auf den fremden Mann gerichtet, einen feuchten Schimmer unter der Nase, den Finger im Mund.

»Franz!«, rief die Frau, und aus der Schar löste sich der älteste Sohn.

Sie erteilte ihm eilig ein paar Anweisungen und schärfte ihm diese und jene Mahnung und Warnung ein, die der verständige Junge zur Kenntnis und sich zu Herzen nahm.

»Ich werde mich beeilen, Herr Ingenieur!«, sagte die Frau.

»Sie brauchen nichts zu überstürzen.«

Martin Rambold ging langsam den steilen Berg hinab und kehrte zu seinem Auto zurück, wo er auf die Frau wartete.

Fabian hatte sich inzwischen ganz intensiv mit dem Schaltknüppel und allen anderen Vorrichtungen im Wageninneren beschäftigt. Man musste froh sein, dass der Wagen überhaupt noch dastand.

Er hatte allerdings nicht gewagt, den Motor anzulassen, weil er dadurch sicher den Unmut des Ingenieurs erregt hätte.

»Als Sie vorhin droben dem Haus zugingen, sind zwei Männer dort in den Wald gelaufen«, sagte der Junge.

»Männer? Welche Männer?«

»Ich habe sie auf diese Entfernung nicht erkannt. Aber sie müssen aus dem Haus der Lebrainerin gekommen sein.«

»Vielleicht ein paar Touristen.«

»Das kann schon sein.«

Sie mussten nicht allzu lange warten, bis die Frau auch schon vom Haus herabgelaufen kam. Sie trug jetzt ein einfaches, aber sauberes Kleid in bäuerlicher Art. Auch sonst hatte sie sich sorgfältig hergerichtet.

Sie war immer noch aufgeregt und konnte kaum fassen, dass sie ihren Mann heute sehen und sprechen sollte. Man hatte ihr gesagt, dass er sich schon recht gut erholt habe, und so freute sie sich auf die Begegnung.

Fabian hatte der Ingenieur auf den Rücksitz beordert, die Frau saß auf dem Beifahrersitz.

In zügiger Fahrt steuerte Rambold den Wagen die Straße entlang.

»Hatten Sie gerade Besuch, als ich mich Ihrem Haus näherte, Frau Lebrainer?«, fragte Rambold im Lauf der Fahrt.

»Nein.«

»Fabian hat zwei Männer auf den Wald zugehen sehen. Er war der Meinung, dass sie aus Ihrem Haus gekommen sind ...«

»Ach die! Das sind zwei Landvermesser, die drüben am Weißhaus arbeiten. Sie wohnen schon länger bei mir.«

»Aha! Bezahlen sie auch?«

»Doch. Sie bezahlen gut, alles im Voraus. Und sie machen wenig Arbeit, weil sie ja den ganzen Tag fort sind und erst spät in der Nacht heimkommen. Mein Gott, bei den vielen Kindern ist man doch froh, wenn man eine kleine Nebeneinnahme hat.«

»Sicher ...«

Die Fahrt dauerte nur eine knappe Stunde; wenn Martin Rambold am Steuer saß, dann drückte er schon mal aufs Gas. Er fuhr oft viel zu schnell, ohne dass er es merkte.

Damit imponierte er dem Fabian nur. Der hatte seine Freude daran, wenn sie Wagen um Wagen überholten.

Sie kamen durch mehrere Dörfer und Weiler. Überall waren die Bauern auf den Wiesen und Feldern. Es gab immer wieder etwas zu sehen.

Die Kreisstadt lag in einem engen Tal, umgeben von bewaldeten Bergen und Hügeln. Ein breiter Bach, an dem ein großes Sägewerk und eine Mühle standen, zog sich mitten durch die Häuser.

Schon aus der Ferne sahen sie die Türme, Zinnen und ein paar Fabrikschlote – und dann fuhren sie auch schon auf engen, mit Kopfstein gepflasterten Straßen, über belebte Plätze mit großen Geschäftshäusern. Oft staute sich der Verkehr, und Martin Rambold musste sich wohl oder übel in Geduld üben, bis er endlich wieder freie Fahrt hatte.

Das Krankenhaus lag etwas abseits vom Lärm und Betrieb der Stadt, auf einer ruhigen Anhöhe und umgeben von einem Fichtenhain.

Vor einem breiten, doppeltürigen Eingang setzte Rambold die Frau ab und versprach ihr, in etwa einer Stunde wieder herzukommen. Inzwischen hätte er einige Besorgungen zu machen, außerdem hielt er es für schicklich und angebracht, die Frau mit ihrem Mann allein zu lassen. Sie hatten sich sicher viel zu sagen und zu fragen, was fremde Ohren nichts anging.

Eine betagte Krankenschwester ließ die Frau ein und führte sie durch die Gänge und über Treppen zu dem Patienten.

Martin fuhr in die Stadt zurück. Er suchte das Bauamt auf und verhandelte ausführlich mit dem Betriebsbüro der Wildbachsektion.

Nach Erledigung seiner Geschäfte suchte er mit Fabian einen Gasthof auf, wo sie Hunger und Durst stillten.

Der Junge stürzte sich mit einem solchen Appetit auf den pikanten Wurstsalat, als hätte er einen Marsch durch die Wüste und den Urwald hinter sich.

Mit dem Ingenieur irgendwo einkehren zu dürfen, das war für ihn ein Fest, denn da durfte er essen und trinken, was ihm schmeckte und so viel er wollte.

Sie waren ganz allein an einem Tisch in der großen Gaststube. Kein Mensch von den übrigen Gästen schenkte ihnen Beachtung.

»Ich hab für dich einen Sonderauftrag, Fabian«, sagte der Ingenieur plötzlich und machte ein sehr geheimnisvolles Gesicht. »Jetzt kannst du beweisen, ob du ein schlauer, kluger Kopf bist und wie weit ich mich auf dich verlassen kann.«

»Was soll ich denn tun?«

»Aufpassen! Schnüffeln wie ein Spürhund! Wir werden den oder die Diebe fangen! Wir beide, du und ich!«

Das Gesicht Fabians war plötzlich ganz rot vor Aufregung.

»Wir können nicht darauf warten, dass die Polizei den Lumpen fasst. Höre, was ich dir sage: Ich werde ein paar Fallen stellen. Über kurz oder lang wird der Langfinger das gestohlene Geld durchgebracht haben. Dann braucht er wieder welches. Wir werden es ihm vor die Füße legen, und deine Aufgabe wird sein, den Kerl hinzulotsen.«

Der Fabian wollte schreien vor Begeisterung.

»Zuerst horchst du ein bisschen unter den Leuten herum, tust, als ob dich keiner etwas anginge. Wenn es mehrere sind, dann wird irgendwo und irgendwann einmal ein Wort fallen, das du aufschnappst und mir sofort berichtest.

Ist es einer, dann wird er schweigen. Aber du wirst jedem Einzelnen erzählen, dass ich die Lohngelder in die Baracke getragen und nicht einmal eingesperrt habe, obwohl doch erst eingebrochen worden sei. Du könntest deshalb keinen Schritt von der Tür gehen, bis der Ingenieur zurückkommt, der vorhin mit dem Auto weggefahren ist. Aber du gehst dann doch einmal fort, und von einem guten Versteck aus beobachtest du die Hütte.

Schau dir dann den Mann genau an, der aller Wahrscheinlichkeit nach in der Nähe der Bauhütte zu tun hat. Geht er wirklich in einem günstigen Moment Richtung Hütte, um einzutreten oder einzusteigen, dann läufst du, so schnell dich deine Füße tragen, zu mir!«

»Ja, ja, ja!«, jubelte der Bub, der förmlich nach diesem Abenteuer fieberte.

»Ich werde dir noch alles genau sagen, wenn ich meinen Plan erst ganz durchgedacht habe.«

Dann fuhren sie zurück zum Krankenhaus.

Rambold hatte den Verletzten noch nie besucht, sondern immer nur durch Doktor Erber Grüße an ihn bestellen lassen.

Als er in das Krankenzimmer trat, in dem noch ein weiteres Bett stand, musste er erst nach seinem Patienten suchen.

Aber da war die Lebrainerin, die sofort von ihrem Stuhl aufstand und bescheiden lächelnd zurücktrat.

Der Kranke trug noch eine Binde um den Kopf, lag hoch gebettet und hatte um die Brust einen Schutzverband. Sein Gesicht war farblos, aber frisch rasiert, und seine Augen hatten einen lebendigen Glanz.

»Herr Ingenieur!«, rief er und streckte die Arme nach seinem Retter aus. Seine Stimme versagte, und seine Augen wurden feucht.

»Lebrainer! Wie geht es?«, fragte Rambold, stand in seinem großen Wuchs am Bett und schaute auf den Patienten nieder. Der hielt seine Hände. »Das ist noch einmal gut gegangen, Lebrainer, für uns alle!«

Der Kranke nickte. »Es ist mir erst später gekommen, wie es gewesen war. Ich konnte Ihnen noch nicht dafür danken, dass Sie mich herausgeholt haben aus diesem Drachenloch.«

»Ich habe nur meine Pflicht getan. Wer hätte es denn sonst tun sollen? Doch sprechen wir nicht mehr davon. Die Hauptsache ist, dass wir alle leben. In ein paar Wochen werden Sie gesund sein und heimkehren können. Ich habe eben mit dem Stationsarzt gesprochen. Er ist sehr zufrieden mit Ihnen. Lebrainer, warum weinen Sie? Haben Sie noch große Schmerzen?«

Der Kranke schüttelte den Kopf. »Nein, gar keine Schmerzen ... jetzt nicht mehr ... aber es ist mir halt so arg, dass ich Ihnen nicht sagen kann, wie sehr ich auf Sie gewartet habe, um Ihnen danken zu können. Und jetzt sind Sie da, und ich finde keine Worte. Herr Ingenieur ... ich möchte für Sie alles ertragen. Alles! Noch viel mehr als das da!«

»Lebrainer!«

»Meine Frau hat mir schon gesagt, wie gut Sie für sie und die Kinder gesorgt haben! Sagen Sie den Leuten, der Lebrainer lässt sie grüßen, und sie sollen besser zu Ihnen halten und sich nicht immer aufhetzen lassen von ein paar Unzufriedenen! Die Bauern von Mölk sollen doch selbst einmal zum Bach hinaufgehen und schauen, was getan wurde! Sie sollen einen Mann bringen, der Ihnen das alles nachmacht!«

»Sorgen Sie sich nicht um mich, Lebrainer! Ich werde mich schon durchsetzen. Die Arbeiter stehen inzwischen alle fest hinter mir!«

»Gott sei Dank!«

Rambold schob den Jungen zum Bett. »Da schau, Lebrainer, der Fabian möchte dir auch Grüß Gott sagen!«

»Jessas, der Bub!«, rief der Kranke erfreut.

»Immer noch der gleiche Schlingel, aber brauchbar!«, sagte der Ingenieur und klopfte dem Jungen auf die Schulter.

Als sie wieder zurückfuhren in ihren heimatlichen Bergwinkel, waren sie schweigsamer als bei der Hinfahrt.

Die Lebrainerin wollte immer etwas sagen und wusste offenbar keinen Anfang zu finden. So zerstreut gab sie ihre Antworten auf die Fragen Rambolds, dass er sie ein paar Mal heimlich von der Seite betrachtete.

»Haben Sie Sorgen wegen Ihres Mannes?«

»Nein, ich habe gesehen, dass es ihm gut geht!«

»Ja, es geht ihm gut.«

Erst als er beim Waldhaus den Wagen anhielt, bat sie ihn mit großer Erschütterung um Verzeihung für ihre unschönen und feindseligen Worte, die sie ihm bei seinem zweiten Besuch an den Kopf geworfen hatte. »Man hört oft in seiner Not auf andere Menschen, die über Gott und die Welt schimpfen. Man lässt sich von ihnen anstecken.«

»Auch darüber sollen Sie sich keine Gedanken machen!«

»Mein Mann dürfte es nicht wissen! Er würde mich, so gut und brav er sonst ist, aus dem Haus jagen!«

»Nein, Frau Lebrainer, das würde er bestimmt nicht tun. Die Kinder haben ihre Mutter genauso nötig wie den Vater. Außerdem wird er nie etwas darüber erfahren!«

Es kamen in dieser Zeit noch weitere Diebstähle und Einbrüche in der Umgebung von Mölk vor. Ein Einödbauer, der hinter dem Kalksteinhügel sein großes, einsames Gehöft hatte, fand eines Morgens seinen Hund vergiftet vor der Tür des Hauses liegen. In der folgenden Nacht wurde in seinem Keller eingebrochen und eine Menge gelagerter Lebensmittel gestohlen. Sogar eine stilechte, wertvolle Perserbrücke, die hinter dem Haus zum Lüften aufgehängt war, hatten die oder der Täter mitgenommen. In einem Metzgerladen wurde die Kasse aufgebrochen und die ganze Barschaft entwendet. In der Kirche fehlte eines Tages der Opferstock. Ihn hatten die Räuber nicht aufbrechen können, deshalb nahmen sie ihn gleich komplett mit.

Die beiden Polizisten, die in Mölk ihren Dienst versahen, setzten ihren ganzen Eifer daran, dieser Diebesbande auf die Spur zu kommen, aber sie hatten keinen Erfolg.

Natürlich richtete sich der Verdacht vor allem auf die fremde Arbeiterkolonne von der Wildbachverbauung, und er hatte seinen eifrigsten Vertreter in Christoph Diepolter, dem Bürgermeister von Mölk. Seiner Ansicht nach war gerade durch diese Baustelle viel Gesindel ins Dorf gekommen. Und wer war schuld daran? Nur dieser eigenwillige, draufgängerische Ingenieur Rambold, dem zu Anfang alle einheimischen Hilfskräfte davonliefen, weil es keiner bei ihm aushalten konnte. Von überall her hatte er schließlich die Leute gezogen, und damit auch etliche Kreaturen, die zwischen Mein und Dein keinen Unterschied kannten.

Man durfte nun nicht mehr zögern, denn über kurz oder lang kam es vielleicht noch zu viel schwereren Delikten als Einbruch und Diebstahl. Wie lange ging es noch gut? Schließlich war kein Mädchen in der Nacht auf den Wegen mehr sicher vor Überfällen und Gewalttaten. Man musste froh sein, dass es nicht schon lange zu solchen Verbrechen gekommen war.

Täglich gingen die Polizisten beim Bürgermeister ein und aus. Täglich schrie Diepolter ihnen dieselbe Forderung der Gemeinde ins Gesicht, nämlich, dass sie mit aller Schärfe durchgreifen und in schonungsloser Weise eine Säuberung der Wildbacharbeiterkolonne durchführen sollten.

Dagegen aber wehrte sich der Ingenieur. Er selbst hatte seine Leute geprüft und in Einzelverhören deren Gewissen abgetastet. Außerdem war Fabian dauernd unterwegs, um alle Gespräche zu erlauschen und die Wege der Arbeiter zu kontrollieren, ohne dass dabei auch nur einer etwas von dieser Überwachung bemerkte.

Es war jedoch nicht ein einziger Mann darunter, dem auch nur der kleinste Verdacht anhaftete. Mit treuem und innerem Fleiß waren tagsüber alle bei der Arbeit, und alle suchten gleich nach Feierabend ihre Quartiere oder Lagerstätten auf. Oft kamen sie tropfnass heim, wenn es über den ganzen Tag geregnet hatte oder wenn ein Gewitter niedergegangen war. Wer sollte da noch Lust verspüren, in der Nacht herumzulaufen und in die Keller der Bauern oder in die Kassen der Metzger einzubrechen?

Das Verhältnis zwischen dem Bürgermeister und dem Ingenieur verschlechterte sich von Tag zu Tag. Keiner von beiden wollte nachgeben, keiner ließ sich zur Ansicht des anderen bekehren, und oft gerieten sie bei Auseinandersetzungen mit ihren Stimmen in eine Lautstärke, dass die in der Nähe oder vor der Tür Stehenden erschrocken den Atem anhielten.

Jetzt, nachdem die Macht des Wildbaches gebrochen war und dem Dorf von dort keine Gefahr mehr drohte, wünschte Christoph Diepolter den Mann, dem man eigentlich alles zu verdanken hatte, zum Teufel. Er konnte es nicht ertragen, wenn ihm ein Mensch widersprach. Und das tat Martin Rambold am laufenden Band.

Von der Wildbachsektion war eine Kommission da gewesen, um die Arbeiten zu inspizieren. Wohl oder übel war Christoph Diepolter verpflichtet, die fremden Herren mit weiteren Gemeinderatsmitgliedern zu begleiten.

So gewann er das erste Mal ein Bild von der ungeheuren und schwierigen Arbeit, die hier zum Wohl der Talbewohner geleistet worden war. Er hörte die anerkennenden Worte, mit denen der Oberingenieur Rambold auszeichnete. Er sah die bewundernden Blicke, die diesem einmaligen Werk gezollt wurden.

Es war auch geradezu unbegreiflich, wie dieser Mann es angestellt hatte, über das steile und zerklüftete Felsgefälle herab Stufe um Stufe, Sperre um Sperre einzulassen, sodass nun selbst bei stärkstem Hochwasser Stück um Stück die Kraft der Flut gebrochen und in ihrer Bahn festgehalten werden konnte.

Das Unheil vom Hölltal war endlich für alle Zeiten beseitigt. Das verdankten die Leute von Mölk diesem jungen, verwegenen Fremdling, der damals in seinem zerbeulten Auto zu ihnen gekommen war und allen natürlichen, menschlichen und technischen Widerständen zum Trotz seine Aufgabe durchgeführt hatte.

Aber Christoph Diepolter hatte selbst kein Wort des Dankes oder der Anerkennung für ihn. Mit düsterem Gesicht und eisigem Schweigen stand er dabei. Er war nur mitgegangen, weil er als das Oberhaupt der Bürger von Mölk dabei sein musste.

Freilich, ganz fertig war das Werk noch nicht. Aber was noch zu geschehen hatte, das waren keine problematischen Arbeiten mehr und ließ sich in relativ kurzer Zeit erledigen.

Als Martin Rambold an diesem Abend heimkam, hatte Fabian schon ungeduldig auf ihn gewartet. Er war im Dorf gewesen und hatte für die Hauswirtin einige Besorgungen gemacht, da war er beim Bäcker einer Dame begegnet, die ein paar Worte auf einen Zettel schrieb, die er dem Ingenieur übergeben sollte. Und das tat er jetzt.

»Wer war die Frau?«

»Sie hat wahrscheinlich gedacht, ich kenne sie nicht, aber ich kenne jeden im Dorf. Es war die vom Doktorhaus.«

»Fabian! Menschenskind! Wo hast du den Zettel?«

»Hier!« Der Junge reichte ihm ein zusammengefaltetes Stück weißes Papier, auf dem sich ein paar kindliche Fingerabdrücke abzeichneten.

»Was schreibt sie denn?«

»Ich habe es nicht lesen können!«

»Was?« Rambold lachte. »Du neugieriger Schlingel! Hast du in der Schule noch nicht einmal Lesen gelernt?«

Fabian versuchte sich zu verteidigen. Das Fräulein habe aber auch ein Schrift, dass man nicht wüsste, wie man den Zettel halten sollte, wo oben oder unten ist ...

Martin Rambold achtete nicht mehr auf sein Gerede. Er hatte den Zettel entfaltet und begann zu lesen. Sie hatte ihm auf Englisch mitgeteilt, dass er sich doch an einem der nächsten Abenden bei ihnen im Doktorhaus einfinden möge. Sie habe ihm etwas sehr Wichtiges mitzuteilen ...

Da packte Rambold den Fabian und warf ihn ungestüm in die Höhe und fing ihn wieder mit seinen Armen auf.

»Ich glaub, du eignest dich weit besser als Zusteller heimlicher Botschaften als für einen Spitzel, der die Spur der Einbrecher finden soll. Was ist denn nun mit unserem Dieb?«

»Den krieg ich schon noch. Und vielleicht hätte ich ihn schon, wenn ich nicht so früh am Abend daheim sein müsste!«

»Ich kann dich doch nicht in der Nacht herumstreunen lassen, du Lausbub!«

»Aber wenigstens so lange, bis es dunkel geworden ist!«

»Gut. Ich erlaube dir, dass du bis zum Einbruch der Nacht fortbleiben darfst! Aber wenn die Fledermäuse zu fliegen anfangen, dann gehst du heim!«

Der Fabian ging jedoch am Abend nicht weit vom

Haus weg. Er ging nur zur Kuppe des Kapellenberges hinauf. Und wenn er den Glockenturm des alten, kleinen Kirchleins bestieg, dann konnte er durch das Schallloch die ganze Gegend überschauen. Er blickte hinab zum Dorf, in dem er jedes einzelne Haus kannte und jeden Namen aufsagen konnte. Er sah die Hölltalsäge aus dem Hochried ragen und das breite, große Gehöft Diepolters. Mit seinen gesunden Augen vermochte er sogar die Menschen zu beobachten und beinahe zu erkennen, die dort ein und aus gingen oder sich im Hofraum bewegten, bis die Dunkelheit hereinbrach.

Er folgte mit seinem Blick den Straßen, die wie graue, geschlängelte Bänder das grüne Tal kreuz und quer durchzogen. Ab und zu sah er ein bäuerliches Fuhrgespann darauf fahren oder ein Auto, von aufgewirbelten Staubwolken verfolgt, vom Dorf in Richtung Weißhaus weiterfahren, wo die Grenze lag.

Am häufigsten jedoch behielt er die Säge und das Gehöft Diepolters im Auge. Dort regte sich auch am meisten, denn bis in die Nacht hinein liefen dort die Menschen herum, die mit dem Bürgermeister dienstlich zu tun hatten.

Später erlosch dann das Licht in der Stube und auch der weit ausstrahlende Schein der Hoflampe.

Dann ging Christoph Diepolter hinab zum Dorf, um im Gemeindehaus eine Sitzung mit den Gemeindevertretern abzuhalten.

Abend für Abend saß Fabian nun im Glockenturm des Kirchleins auf dem Kapellenberg. Er hatte plötzliche einen besonderen Spaß an diesen heimlichen Beobachtungen. Und ohne es zu ahnen oder gar mit Vorbedacht darauf zu warten, machte er eines Tages eine recht seltsame Entdeckung.

Die Dämmerung war bereits so weit fortgeschritten,

dass man die Schneise des Waldes gerade noch von der übrigen Erde unterscheiden konnte, und eben war die erste Fledermaus am Turm vorbeigeschwirrt, da sah Fabian zwei dunkle menschliche Gestalten vom Wald herabkommen und auf das Sägewerk zugehen.

Christoph Diepolter hatte schon vor einer Weile das Haus verlassen und war dem Dorf zugegangen. Die Hoflampe, die er immer einschaltete, wenn er noch zur Säge hinüberging, um nach dem Stand des Wassers zu schauen oder an den Toren zu rütteln, ob sie gut verschlossen wären, war längst abgeschaltet worden.

Gleich mussten die beiden Gestalten hinter dem Sägewerk hervorkommen.

Aber es kam niemand. Man konnte sich überhaupt nicht denken, wo sie auf einmal geblieben waren. Sicher hätte sich die Sache auf eine ganz natürliche Weise erklären lassen. Entweder hatten die beiden Nachtwandler ihren Weg hinter den hohen Rundholzstapeln fortgesetzt, oder sie waren zur Bachniederung hinabgestiegen, und so konnte man nichts mehr von ihnen sehen.

Aber Fabian hatte viel Fantasie. Es sah in diesem Vorgang etwas Ungewöhnliches, Unheimliches. Er war fest davon überzeugt, dass die beiden Gestalten irgendeinen Anschlag auf die Hölltalsäge planten. Deshalb blieb er sitzen und tat keinen Blick weg von dem dunklen Hof und seiner Umgebung.

Der Mond kam hinter den Bergen herauf. Gespenstisch lag sein Licht auf der Landschaft. Fabian konnte sogar den Bach blitzen sehen, der mit wütendem Zischen an der Säge vorbeistürzte.

Am liebsten hätte er den Ingenieur verständigt, aber der war nicht daheim. Er hatte sich heute Abend sauber rasiert, einen guten Anzug angelegt und war ins Dorf hinabgefahren.

Das Mondlicht wurde heller. Das dünne Wolkenfeld, das vorhin noch am Himmel stand, war abgezogen. Man konnte noch besser und weiter sehen. Aber so viel Fabian auch Acht gab, es war nichts mehr zu erkennen. Die beiden rätselhaften Gestalten blieben verschwunden.

Jetzt kletterte der Junge aus dem Turm. Auf dem Gras lag der Tau. Feucht und kühl fühlte er ihn an seinen nackten Füßen. Mit weiten Sprüngen rannte er heim. Und auf dem Weg erinnerte er sich an die beiden Gesellen, die damals hinter dem Haus Lebrainers zum Wald hinaufgestiegen waren, während er im Auto drunten auf der Straße gewartet hatte.

Es wäre Unsinn gewesen anzunehmen, dass es die beiden gleichen Männer sein könnten, die heut vom Wald herab auf die Hölltalsäge zugegangen waren.

Aber in seiner Fantasie hielt Fabian sie auf jeden Fall für dieselben. Er fürchtete sich jetzt und lief noch schneller.

Die Försterin war noch auf, denn in der Wohnstube war Licht. Aber die Tür war zugesperrt.

Fabian musste klopfen.

Als die Frau öffnete, drohte sie mit dem Finger. »Das darf der Ingenieur nicht wissen, dass du bis in die Nacht hinein herumstreunst!«

»Doch, das darf er schon wissen. Er hat es mir erlaubt.«

Das bezweifelte die alte Frau. »Marsch, ins Bett mit dir!«

»Gute Nacht, Frau Försterin!«, rief der Junge und lief hinauf in seine Kammer. Er nahm sich vor, nicht einschlafen zu wollen, weil er dem Ingenieur noch Mitteilung machen wollte, sobald er heimkam.

Aber dann schlief er doch ein, denn Martin Rambold kam erst sehr spät nach Hause.

Doktor Erber war am Abend noch gerufen worden zu einem Schwerkranken, dessen Zustand sich bedenklich verschlechtert hatte. Man wagte nicht, die ganze Nacht abzuwarten.

Als Rambold am Doktorhaus läutete, wurde ihm von Juliane geöffnet.

Er wollte ihr eben sagen, dass er leider gestern verhindert gewesen sei, um ihrem Ruf auf der Stelle zu folgen, aber da legte sie den Finger auf den Mund und schaute ihn an, dass er daraus ein Geheimnis machen möge.

Die alte Mutter war auch da und kam, um den Gast zu begrüßen. Er war bei seinem letzten Besuch schon mit ihr bekannt geworden.

»Mein Bruder wird bald kommen«, sagte Juliane. »Man hat ihn noch geholt. Ein Arzt ist eben nie Herr seiner Zeit.«

Sie gingen in das große, behaglich ausgestattete Wohnzimmer, wo sie sich zunächst über allgemeine Dinge unterhielten. Dann kamen sie auf die Inspektion der Baustelle durch Martins Vorgesetzte zu sprechen, die zu einem großen Erfolg für den Ingenieur geworden war.

»Man hört überall im Dorf davon«, sagte das Mädchen. »Ich gratuliere Ihnen!«

»Danke!«

»Damit ist Ihre Tätigkeit hier wohl bald abgeschlossen?«

»Ich rechne nur mit wenigen Tagen, die ich noch da bin.«

»Schade!«

Er schaute sie an. »Es gibt hier mehrere Menschen, die froh sind, dass die Arbeit zu Ende geht. Eigentlich war sie bis zum Herbst berechnet. Dass es so schnell voranging, habe ich meinen Arbeitern zu verdanken, die mit einem bewundernswerten Fleiß bei der Stange waren.«

»Aber doch erst seit dem Unfall Lebrainers!«

»Glauben Sie?«

»Ja. Durch Ihr Beispiel der Kameradschaft haben Sie die Leute mitgerissen. Oh, ich bin genau unterrichtet!«

»Ich wundere mich ... vor allem über das Interesse, das Sie daran nehmen!«

Sie errötete leicht.

Doktor Erber kam lange nicht zurück. Sie mussten sich allein unterhalten, und die Mutter saß dabei und hörte zu.

Rambold blickte sich im Zimmer um. »Ich habe gehört, dass Sie sehr gut Klavier spielen können«, lenkte er das Gespräch von seiner Person ab.

»Das können Sie höchstens von der Eva Diepolter gehört haben. Aber es ist nicht wahr.«

»Wenn ich Sie bitten würde, tun Sie mir den Gefallen? Vielleicht sehen wir uns gar nicht mehr. Dann bereichert es meine Erinnerung an Mölk!«

Da ging sie zum Klavier, klappte den Deckel hoch und legte ein paar Notenblätter auf. »Mein Gott, ich komme so wenig dazu. Erwarten Sie also keine Leistungen!«, sagte sie und fing an zu spielen.

Aber es war dennoch eine Leistung. Sie beherrschte das Instrument meisterhaft.

Rambold hörte schweigend und ergriffen zu. Allein der Gedanke daran, dass er nun bald seinen Abschied von hier nahm und die Menschen, von denen er einige ja auch lieb gewonnen hatte, nicht mehr sehen würde, war doch sehr erschütternd. Vor allem dieses eigentümliche Mädchen da, das ihm zuerst mit so viel Stolz und Zurückhaltung begegnet war und sich erst nach und nach erschloss und zuletzt wie eine geheimnisvolle, wunderbare Blüte vor ihm stand, machte ihm das Fortgehen schwer. Ob er sich erlauben durfte, sie um ein Wiedersehen zu bitten? Wie würde sie es aufnehmen, wenn er ihr zur passenden Zeit einen Brief schrieb?

Und was Juliane selten tat, heute fing sie sogar mit schöner, dunkler Stimme zu singen an. Es war ein schwermütiges Lied, getragen von sehnsuchtsvollen Mollakkorden.

Als sie geendet hatte, spendete er ihr Beifall und dankte ihr.

Man hätte es diesem Mann nie angesehen, dass er doch so höflich und vornehm sein konnte.

Der Arzt ließ noch immer auf sich warten. Offenbar machte der Patient ihm schwer zu schaffen.

Das Mädchen stellte Gläser auf den Tisch und schenkte Wein ein.

Sie stießen an.

»Wir haben gestern unseren neuen Bestrahlungsapparat bekommen. Interessieren Sie sich dafür?«

»Aber sicher doch!«

»Entschuldige uns einen Moment, Mutter!«, sagte sie, winkte ihm zu und führte ihn in die Praxisräume.

Er wusste genau, dass sie ihn unter einem Vorwand wegholte.

Sie führte ihn wohl hin zu einem neuen medizinischen Apparat, zeigte aber plötzlich eine merkwürdige Unrast.

»Was haben Sie mir zu sagen, Fräulein Juliane?«, fragte er. »In Ihren Zeilen, die Sie dem Fabian mitgegeben haben, handelt es sich um eine wichtige Mitteilung, die Sie mir zu machen haben ...«

»Ja ... unter vier Augen, und bitte bei strengster Diskretion!«

Er war sehr gespannt.

»Es handelt sich um meinen Bruder. Ich habe es lange schon geahnt, aber seit einigen Tagen ist es für mich Gewissheit, dass er Eva Diepolter liebt. Er hat nie darüber gesprochen, und er würde es auch nie tun, solange er nicht sagen darf, dass er auf Gegenliebe stößt. Ich habe sein Tagebuch erwischt, das er sehr sorgfältig einschließt, denn es enthält seinen verborgensten Gedanken. Freilich, seine Arbeit hindert ihn an regelmäßigen Eintragungen … aber hier konnte er wohl nicht schweigen. Er musste es mit sich selbst aussprechen. Er tut mir unendlich Leid, weil er alles allein trägt, und er ist so gut, zu mir und zu der Mutter und auch zu allen Menschen, die ihn brauchen. Die Tragik an der Geschichte ist, dass Eva seine Liebe nicht erwidert. Vielleicht hätte sie es getan, und lange hat es so ausgesehen, als bahne sich zwischen den beiden ein Glück an … und dann kam alles plötzlich anders. Die Eva liebt einen anderen … und dieser andere sind Sie!«

Er war bestürzt und konnte nicht antworten.

»Bitte, sprechen Sie ehrlich aus, was Sie denken. Sagen Sie, dass Eva Ihr Herz besitzt! Lassen Sie keine Zweifel bestehen; denn Zweifel bohren tiefer als der Schmerz!«

Er hatte sich gefasst. »Ich bin mir noch nicht klar, was Sie zu dieser Feststellung geführt hat, Fräulein Juliane! Ich gebe zu, dass am Anfang meinerseits eine starke Zuneigung zu diesem Mädchen aufkam. Eva war der einzige Mensch, der mir, dem Fremdling, als der ich hier angekommen bin, menschlich begegnete. Sie war heiter, aufgeschlossen … und als alle in diesem Dorf gegen mich waren, hat allein sie zu mir gehalten. Das habe ich gespürt und erfahren. Sie ist ein wunderbarer Mensch, viel zu gut für mich! Ich habe mir Zurückhaltung auferlegt … und ich kann Ihnen sagen, dass weder bei ihr noch bei mir auch nur eine winzige Voraussetzung für eine weitere Annäherung besteht. Ich gehe wieder fort aus diesem Tal, und ich werde mich an sie erinnern wie an eine gute, liebe Freundin. Ich bin ein Realist … das brachte schon mein Leben von frühester Jugend an mit sich. Ich bin kein Träumer! Wie oft habe ich erfahren, dass die Wirklichkeit, in der wir leben und uns wehren müssen, keine Illusionen duldet. Deshalb können Sie beruhigt sein. Ich bin Ihrem Bruder, den ich hoch achte, nicht im Weg, und ich war es noch nie!«

Sie schaute ihn aus ihren dunklen Augen bewegt an. »Wenn Sie so sprechen«, sagte sie, »... dann bitte, entschuldigen Sie! Es war ungeheuerlich, was ich Ihnen da gesagt habe ... aber rechnen Sie es einem besonderen Umstand zu, der mich mit meinem Bruder so eng verbindet. Ohne ihn würde ich heute nicht mehr leben, ihm verdanke ich alles, was ich besitze, vor allem die Freude an meinem neuen Dasein hier in Mölk, in dem einsamen, herrlichen Gebirgsdorf. Sehen Sie, ich hatte immer Angst vor dem Tag, an dem mein Glück im Doktorhaus ein Ende hätte, was würde geschehen, wenn mein Bruder seine Liebe und Aufmerksamkeit einer Frau zuwendet, die ihrerseits ungeteilten Anspruch auf den Mann erhebt? Nur bei Eva wäre das nicht so. Ich kenne sie. Sie würde unser häusliches Glück nicht zerstören, im Gegenteil, sie würde es noch vermehren mit ihrem heiteren, aufrechten Wesen. Ich weiß nicht, ob Sie mich richtig verstehen ...«

»O doch! Sie neigen zu Misstrauen den Menschen gegenüber, vor allem bei den fremden. Besteht da nicht die Gefahr für ungerechte Vorurteile?«

»Sie haben eben doch selbst gesagt, dass Sie ein Realist sind und sich keinen Illusionen hingeben wollen.«

»Richtig ... und doch habe ich es getan ... eben dieser Tage erst wieder, wollte ich dieser Illusion Glauben schenken. Als Fabian mir Ihre Zeilen übergab ...«

»Was war da?«

»Ich habe ihn in der Freude meines Herzens gepackt und in die Höhe geworfen.«

Draußen fiel die Gartentür zu. Schritte näherten sich dem Haus.

Doktor Erber betrat sein Sprechzimmer und kam sofort durch die Verbindungstür herein zu ihnen. Er hatte Licht im Bestrahlungsraum gesehen.

»Entschuldigen Sie, Rambold! Gerade heute muss mir der alte Hofegger diese Geschichten machen!«, sagte der Arzt und drückte die Hand des Ingenieurs.

»Ich habe Herrn Rambold unseren neuen Apparat gezeigt«, erklärte Juliane.

»Was so ein Landarzt nicht alles braucht, nicht wahr, Rambold?«, fuhr Doktor Erber fort. »Krankheit findet man eben in jedem Winkel der Erde, und die Menschen gehen zu ihrem Arzt und sehen in ihm ihren Schutzgeist vor dem Tod. Aber jetzt hinüber in die Stube! Wir wollen noch ein gemütliches Stündchen verleben!«

Fabian hatte es nicht mehr gehört, als Rambold in dieser Nacht heimkam, und am anderen Tag erzählte er doch nichts über seine Beobachtungen. Es sah am Morgen, als er erwachte, gar nicht mehr so unnatürlich aus, und der Ingenieur hätte ihn wohl ausgelacht, wenn er ihm erzählt hätte, dass er zwei menschliche Gestalten vom Wald herabkommen sah, die hinter der Hölltalsäge verschwunden waren, als hätte die Erde sie verschluckt. Der Ingenieur hätte bestimmt geschimpft, dass er bis in die späte Nacht im Glockenturm der Kapelle gesessen hatte, obwohl ihm nur bis zum Dunkelwerden das Ausbleiben erlaubt war. Nein, da sagte er lieber nichts, er hatte sowieso Angst, dass die alte Försterin etwas verraten könnte.

Aber schon am folgenden Abend lief der Fabian abermals zur Kuppe des Kapellenberges hinauf und kletterte auf den Turm. Heute war nicht Auffälliges mehr zu entdecken. Nur ein großer Vogel flog zum Schallloch hinaus, als er durch das Gebälk hinaufkletterte.

Und darüber hatte er sich erschrocken.

Am anderen Tag, als sie beim Essen saßen und Rambold heute mit Hast seine Suppe löffelte, obwohl er solche Manieren Fabian längst ausgetrieben hatte und somit ein schlechtes Beispiel gab, fielen plötzlich die alarmierenden Worte: »Dem Diepolter wurde in der vergangenen Nacht das Auto aus dem Schuppen gestohlen«, sagte der Ingenieur.

Fabian war der Löffel entfallen, so sehr war er erschrocken.

Also doch! Dann hatte er die Diebe gesehen! Sie waren vom Wald herabgekommen, hatten die Säge und den Hof umschlichen, das Terrain erkundet und alle Vorbereitungen für den Einbruch getroffen. Warum hatte er bloß geschwiegen? Er hätte dem Ingenieur doch verraten sollen, was er in jener Nacht gesehen hatte, auch auf die Gefahr hin, dass er eine Ohrfeige hätte einstecken müssen. Jetzt durfte er überhaupt nichts mehr verlauten lassen, wenn er der Wut des Ingenieurs entgehen wollte.

Doch heimlich triumphierte es in der Seele Fabians. Er gönnte dem Bürgermeister den Schaden, schon deswegen, weil er stets lieblos und streng mit ihm, dem Findelkind, verfahren war. »Balg«, hatte er ihn genannt.

Und außerdem konnte der Diepolter den Schaden tragen. Er hatte Geld genug, um sich ein neues Auto zu kaufen. Der Junge verstand nicht, warum der Ingenieur sich darüber so aufregen konnte. Er hatte doch selbst schon genug Unfreundlichkeiten von diesem Mann einstecken müssen.

»Ich möchte bloß wissen, wo dieser Gauner steckt!«, sagte Rambold. »Unter meinen Leuten ist er nicht, das weiß ich! Aber man wird abermals den Verdacht auf sie richten.«

»Was ist mit dir los? Warum starrst du mich so an, Fabian?«

Der Junge schwieg.

Es gab wieder einmal große Aufregung im Dorf über diesen dreisten Einbruch. Es war ja kein Mensch mehr sicher, ob ihm nicht am kommenden Morgen eine Kuh im Stall fehlte oder der Geldschrank aufgebrochen war, so lange man das räuberische Gesindel nicht dingfest gemacht hatte. Man musste gewärtig sein, über kurz oder lang durch einen Einbruch Schaden zu nehmen, so wie Christoph Diepolter, als er an einem Morgen die Feststellung machte, dass sein Wagen gestohlen worden war.

Eigentlich hatte Eva die Entdeckung gemacht, als sie den Wagen aus dem Schuppen fahren wollte. Es war ihr aufgefallen, dass das Schloss am Tor zerstört war, und hatte zudem noch weitere Spuren einer gewaltsamen Öffnung des Tores gefunden.

Dann sah sie gleich die Bescherung: Der Wagen war weg! An seiner Stelle fand sie einen beschrifteten Zettel am Boden liegen, über dessen Inhalt sie nicht klug zu werden vermochte: »Wir sind da – die Haldinger-Buben«, stand darauf zu lesen. »Du magst alle Hunde von Mölk auf uns hetzen, du wirst uns doch nicht erreichen. Wir erwarten, dass du am Sonntag die Ehre unseres Vaters vor der Öffentlichkeit wieder herstellst, so wie du sie ihm damals genommen hast. Sonst müssten wir uns rächen. Zunächst haben wir nur einmal das Auto mitgenommen. Das nächste Mal wird es schlimmer.«

Eva war in heller Aufregung ins Haus zurückgeeilt und rief nach dem Vater. Als sie ihn dort nicht fand, suchte sie ihn in der Säge.

Er stand auf dem Holzplatz und schrie eben in seiner gereizten, groben Art einen LKW-Fahrer an, der mit seiner Langholzfuhre offenbar falsch einrangiert hatte.

Eva lief in ihrer Aufregung auf ihn zu. »Der Wagen ist weg!«, sagte sie.

Er schaute sie mit umwölkter Stirn an. »Wie?«

»Gestohlen, der Schuppen ist aufgebrochen!«

Christoph Diepolter ließ den Mann stehen und lief mit schnellen Schritten, die erstaunlich flink waren für einen Mann seines Alters, dem Autoschuppen zu.

Eva folgte ihm.

»Da soll doch …!«, knirschte er und stieß einen Fluch aus, als er sich selbst von der unglaublichen Tatsache dieses frechen Diebstahls überzeugt hatte.

»Das hier habe ich gefunden«, sagte Eva und hielt ihm den Zettel hin.

Er überflog die Zeilen, und sein Gesicht verfärbte sich. Seine Hand griff nach dem Zettel und nahm ihn mit zitternden Fingern.

»Soll ich die Polizei verständigen, Vater?«

Er warf ihr einen zerstreuten Blick zu. »Lass …!«

»Wer sind die Haldinger-Buben?«

»Ein Pack …!«

»Aber man muss doch etwas tun!«

»Nichts! Nichts muss man tun!«, herrschte er sie an.

»Und der Wagen?«

»Ist beim Teufel … sie sind längst über die Grenze!«

»Aber sie haben doch gedroht!«

Er antwortete nicht gleich, sondern schaute nachdenklich vor sich nieder. »Die Haldinger«, stieß er dann verächtlich aus. »Was soll ich? Die Ehre des alten Haldingers herstellen?« Er lachte höhnisch und bitter auf. »Ich habe sie ihm nicht genommen und konnte sie ihm nicht nehmen, weil er keine hatte. Lass mich überlegen … ich wette, sie stecken unter den Wildbacharbeitern. Das ist die erste Spur, die wir von den Einbrechern haben …«

»Es muss etwas geschehen!«

»Natürlich … und es wird auch etwas geschehen. Der Herr Ingenieur wird sich wundern!«

Er ließ das Mädchen stehen und ging mit festem Schritt auf das Haus zu. Den Zettel hatte er an sich genommen.

Später sah Eva ihren Vater in Richtung Mölk davongehen, und eine unerklärliche Angst stieg in ihr auf.

Martin Rambold saß in der Bauhütte und erledigte einige rechnerische und schriftliche Arbeiten, als nach kurzem, flüchtigem Klopfen der Bürgermeister in Begleitung eines Polizisten bei ihm eintrat. Obwohl er einen derartigen Besuch erwartet hatte, legten sich doch ein paar Unmutsfalten auf seine Stirn.

»Verzeihen Sie die Störung!«, sagte Diepolter dumpf. »Aber es lässt sich nicht aufschieben!«

»Ich weiß, Herr Bürgermeister, man hat Ihnen den Wagen gestohlen, und den Einbrecher suchen Sie hier unter meinen Leuten! Aber hier ist er nicht!«

Diepolter antwortete nicht. Er gab dem Polizisten ein Zeichen und trat zurück.

Der Beamte nahm seine Arbeit auf. »Herr Ingenieur, es ist nicht zu umgehen, dass wir eine sofortige und eingehende Untersuchung durchführen.«

»Bitte, es steht Ihnen nichts im Weg.«

»Danke!«

»Wollen Sie, dass ich meine Leute zusammenrufe, oder wollen Sie sie bei ihrer Arbeit aufsuchen?«

»Nein, ich brauche diesmal Ihre Leute nicht. Wir haben hier ein wichtiges Dokument, geschrieben von dem Gauner selbst. Können Sie mir von jedem Ihrer Arbeiter eine Schriftprobe vorlegen?«

»Soweit sie aus den Unterschriften auf Arbeitsbüchern und sonstigen Papieren ersichtlich ist.«

»Ich bitte darum!«

Rambold brachte die Kartei, in der alle ihm anvertrauten Papiere seiner Leute verwahrt waren.

Der Beamte legte den Zettel vor sich auf den Tisch hin,

und dann wurde Buch um Buch durchgegangen und die handgeschriebenen Schriftzeichen auf die Ähnlichkeit mit der Schriftart des Zettelschreibers überprüft.

Sie saßen alle drei über dieser Arbeit, und es verging eine lange Zeit, bis die Untersuchung sorgfältig durchgeführt war.

Aber sie blieb ohne Ergebnis.

Die Stirn Diepolters war finster wie eine Gewitterwolke.

Der Ingenieur hatte eine bittere Bemerkung auf der Zunge, aber er beherrschte sich und schwieg.

»Es tut mir Leid«, sagte er nur. »Aber so viel Menschenkenntnis dürfen Sie mir zutrauen, dass ich keine Verbrecher hier beschäftige. Und sollte es mir tatsächlich passieren, dass mich einer im ersten Augenblick täuschen kann, dann fliegt er selbstverständlich nach wenigen Tagen wieder raus! Denn meine Leute sind selbst darauf bedacht, dass sie nicht durch einen schlechten Kameraden in üblen Ruf gelangen.«

Es war nichts zu machen. Diepolter und der Polizist mussten unverrichteter Dinge wieder abziehen.

Martin schaute ihnen durch das Fenster seiner Hütte nach. Er sah den trotzigen Schritt des Mannes, der ohne eigentlichen Grund von Anfang an eine feindliche Haltung gegen ihn eingenommen hatte. Er betrachtete den großen, knochigen Kopf, auf dem bereits das Haar licht und grau wurde.

Hatte es nicht doch den Anschein, als wollte in seiner Haltung das erste sorgenvolle Zaudern und Zweifeln zum Ausdruck kommen?

Es waren seltsame Worte, die da auf dem Zettel standen und längst vergangene und vergessene Vorgänge in die Erinnerung zurückriefen und vielleicht das menschliche Gewissen weckten.

An diesem Abend kam Christoph Diepolter spät nach Hause. Es war nichts Ungewöhnliches; denn jedes Mal, wenn er drunten im Dorf im Gemeindehaus eine Sitzung abhielt oder sonst mit dem Parteiverkehr wie mit Bußgeldverfahren oder anderen amtlichen Vorladungen und Regelungen zu tun hatte, fiel seine Heimkehr in die Mitternachtszeit.

Diesmal machte sich Eva doch Sorgen um ihn. Sie hatte noch nie auf ihn gewartet, denn er wollte das nicht. Heute tat sie es.

Sie blieb in der großen, bäuerlichen Stube, setzte sich unter die Lampe, versuchte zu lesen und beschäftigte sich mit nützlichen Dingen: flickte ein paar Hemden und Socken, bügelte einige Blusen und begann schließlich, die Gläser in der Vitrine zu polieren. Dabei ließ sie das Radio laufen.

Als die Angestellten zu Bett gegangen und ihre Schritte irgendwo im Haus und im Anbau verklungen waren, versank das Haus in nächtliche Stille, in der jedes Krachen im Gebälk einen erschrecken konnte.

Eva war keine ängstliche Natur und war schon viel allein gewesen in dem großen, einsam gelegenen Hof, der vom reißenden Wildbach umrauscht war, aber heute horchte sie auf jedes Geräusch, das sich irgendwo regte, und wenn nur ein Nachtfalter gegen die erhellten Stubenfenster flog.

Sie hatte keine Jugend und kein Elternhaus gehabt wie andere Mädchen. Die Mutter war schon lange tot, und der Vater ging in seiner Arbeit auf. Für ihn hatten immer nur der Hof, die Säge und das Bürgermeisteramt existiert. Sie wusste, wie sehr er unter dem Zustand, keinen Sohn zu haben, litt und gegen dieses Schicksal Klage führte. Wenn er es auch nicht mit lauten Worten tat, so doch im Verborgenen seines Herzens.

Sie hatte sich oft gefragt, ob er sie überhaupt liebte, denn es war alles so kühl, so sachlich, was er mit ihr besprach, und wenn sie ihm einmal eine andere Meinung entgegenzusetzen wagte, dann wurde er grob und nannte sie einen Dickkopf.

So war es gekommen, dass sich das Band zwischen Vater und Tochter immer mehr lockerte. Sie lebten mehr nebeneinander her als zusammen. Sie konnte ihn weder um Rat fragen, noch sonst seinen väterlichen Beistand anrufen.

Sie war immer allein gewesen.

Aber jetzt fing sie an, sich Selbstvorwürfe zu machen. Auf einmal hatte sie erkannt, dass Christoph Diepolter gealtert war. Sie hätte vielleicht das Herz in ihm wecken können, wenn sie es versucht hätte. So aber hatte sie sich gegen ihn verschlossen und brauchte sich nicht zu wundern, wenn nach und nach in den vielen Jahren das Gefühl ihrer Gemeinschaft verloschen war: die Liebe zwischen Vater und Kind.

In diesem Sinn hatte Doktor Hans Erber erst vor wenigen Tagen zu ihr gesprochen, und sie war darüber so erschüttert gewesen, dass sie sich vornahm, in ein besseres Verhältnis zum Vater kommen zu wollen. War nicht gerade jetzt die beste Möglichkeit dazu da?

Es war ihm von unbekannter Hand ein Drohbrief geschrieben worden, man hatte ihn irgendwelcher Verfehlungen beschuldigt und forderte von ihm ein Eingeständnis. Jetzt sollte sie versuchen, ihn fühlen zu lassen, dass er nicht ganz allein war, egal, was damals auch geschehen war …

Vielleicht war es auch gar nicht so schlimm, was er getan hatte, und diese Verbrechernaturen, die sich auf dem Zettel als Haldinger-Buben bezeichnet hatten, waren nur darauf aus, aus einer längst veralteten Gegnerschaft Gewinn zu schlagen.

Sie wusste es nicht …

Langsam verging der Abend, von Stunde zu Stunde wuchs die Anspannung ihrer Nerven. Wenn nun doch etwas geschehen war, wenn man den Vater bei Tagesanbruch irgendwo auf der Straße fand, vielleicht erschlagen in seinem Blut? Seine Feinde waren in der Nähe, sie lauerten vielleicht schon länger auf ihn.

Nein, diesen Gedanken vermochte sie nicht zu ertragen.

Und sie atmete befreit auf, als sie dann plötzlich seinen Schritt vor dem Haus hörte.

Christoph Diepolter trat ein. Er zwinkerte mit den Augen, weil das Licht der Lampe ihn blendete. Er war lange in der Nacht gegangen. Sein Gesicht war düster und nachdenklich. Man sah ihm an, dass er an der Last eines Schicksals schleppte.

Trotzdem hob er die buschigen Brauen. »Du bist noch auf?«

»Ja, Vater. Ich habe auf dich gewartet.«

»Wozu?«

Sie schluckte seinen herben Ton. »Ich habe mir Sorgen um dich gemacht.«

»Doch nicht wegen des dummen Geschreibsels von einem Gauner, der in der Nacht in Häuser einbricht, um die Leute zu bestehlen?«

»Wer kann sagen, wie weit seine Niedertracht geht, Vater?«

Er antwortete nicht, sondern legte jetzt seine Jacke ab und griff nach der Pfeife, um sie vor dem Zubettgehen noch einmal anzuzünden.

»Wer sind diese Haldinger-Buben, Vater? Oder hältst du es für besser, nicht darüber zu sprechen?«

»Doch, das darfst du schon wissen. Es ist vielleicht sogar besser, wenn du davon erfährst, und zwar von mir.

Schließlich kommt es darauf an, wer dir die Geschichte erzählt und wie sie erzählt wird.«

Er schaute nach der Uhr und strich über sein Haar und über die Stirn, als wollte er den Schweiß fortwischen.

»Ist es dir heute zu spät?«, fragte sie.

»Nein. Und du kannst morgen länger schlafen ... ich bin froh, dass du gewartet hast. Vielleicht hätte ich dich sonst geweckt. Mit wem sonst könnte ich diese Dinge besprechen?«

Er brach ab und schaute grübelnd zu Boden. »Die Haldinger-Buben«, stieß er dann verächtlich hervor. »Ich kenne sie noch als freche, nichtsnutzige Bengel. Ihr Vater hatte sein Haus da, wo heute die Säge steht. Er war mein Nachbar. Er hat nicht viel getaugt, und sein Anwesen war über und über verschuldet. Man sah ihn mehr im Wirtshaus als bei der Arbeit, und nachdem seine Frau aus Kummer und Not gestorben war, fiel er alsbald seinem Laster vollends zum Opfer. Das Vieh verendete im Stall, weil es nicht versorgt wurde, das Heu faulte auf den Wiesen, und seine beiden Buben stahlen sich, was sie brauchten, obwohl der ältere noch keine zehn Jahre alt war.

Das Anwesen kam zu Versteigerung. Ich habe es gekauft in der Absicht, an seiner Stelle ein größeres und modernes Sägewerk zu errichten, weil sich dort eine ideale Wasseranlage anbringen ließ. Aber ich konnte nichts damit anfangen, weil der Haldinger trotz Drängens und Drohens das Haus besetzt hielt. Es kam zwischen uns zu immer größeren Feindseligkeiten, und als der Trotz und die Bosheit des Mannes sich nicht anders brechen ließen, erwirkte ich beim Gericht eine Verfügung, wonach durch eine polizeiliche Zwangsräumung das Haus frei gemacht werden sollte.

In der Nacht, nach der die Vollstreckung der gerichtlich angeordneten Zwangsräumung anberaumt war, brach in dem Anwesen Feuer aus. Es brannte bis auf die Grundmauern nieder. Natürlich fiel der Verdacht der Brandstiftung sofort auf den Haldinger, und er wurde am gleichen Tag noch verhaftet. Da hatte dieser Mann die Stirn, bei der Vernehmung vor dem Untersuchungsrichter auszusagen, dass nicht er, sondern ich, der neue Besitzer des Anwesens, das Feuer gelegt habe, um dafür ein Sägewerk errichten zu können und obendrein noch in den Besitz der Versicherungssumme zu kommen.

Ich war damals bereits Bürgermeister von Mölk und stand trotz meiner jungen Jahre schon in großem Ansehen. Man wollte ihm keinen Glauben schenken, aber er schwor einen Eid, mich in jener Nacht gesehen zu haben, wie ich um das Haus schlich, als hätte ich auf ihn, den Haldinger, oder auf das Haus einen Anschlag vor.

Das Gericht tat hierauf seine Pflicht. Ich wurde vernommen, und da jeder Mensch, auch wenn er noch so untadelig sein Leben führt, sei es aus Neid und Missgunst oder aus irgendwelchen anderen niedrigen Beweggründen, überall verborgene Feinde hat, regten sich bald ein paar üble Zungen im Dorf und versuchten meine Ehre anzutasten. Ich stand in der Tat vor einer Verhaftung …

Ich wollte dem Haldinger gegenübergestellt werden, und ich sehe ihn heute noch vor mir mit seinem dunklen, vor Hass entstellten Gesicht und mit seinen blutunterlaufenen Augen, ein Bild übelster Verkommenheit.

In unverschämter Frechheit erhob er seine Hand zum Schwur und wiederholte vor mir die gelogene Aussage. Da konnte ich mich nicht mehr beherrschen und schlug ihm vor den Beamten die Hand ins Gesicht.

Das hätte ich nicht tun dürfen, denn es wurde mir übel ausgelegt. Durch einen Zufall jedoch gelang es mir, den Beweis der Täterschaft Haldingers zu erbringen. Er hatte einen Fehler begangen und am Abend zuvor seine Personaldokumente und ein wenig Bargeld mit einem Tuch umwickelt unter einem Baum vergraben. Die Stelle war durch ein unauffälliges Zeichen markiert, an die mich weiß Gott welcher gute Geist geführt hatte. Da er bereits angegeben hatte, dass seine ganzen Papiere verbrannt seien, brach er im Kreuzverhör bald zusammen.

Brandstiftung und Meineid brachten ihm drei Jahre Haft ein. Als er abgeführt wurde, stieß er einen Fluch über mich aus, dass ich ihn nicht nur um alles gebracht, sondern seine beiden Söhne nun auch noch vaterlos gemacht habe.

Die beiden Buben wurden, da keine Verwandten herangezogen werden konnten, auf Beschluss des Gemeinderates auf Kosten der öffentlichen Hand in ein Heim gebracht, auch, um zu verhindern, dass sie auf die schiefe Bahn gerieten.

Der Haldinger starb schon nach einem Jahr im Gefängnis …

Das ist die Geschichte meiner ehemaligen, unseligen Nachbarschaft mit den Haldingers.«

Christoph Diepolter stand auf und ging in der Stube auf und ab. Die Erinnerung hatte ihn bewegt. Eva saß schweigend da. Sie musste erst noch einmal alles überdenken, um auf den Kern der Sache zu kommen. Woher nahmen die Haldinger-Buben den Hass auf den ehemaligen Nachbarn, der Jahrzehnte überdauerte?

»Was sagst du nun?«, fragte er plötzlich.

»Wenn die Haldinger-Buben Verbrecher geworden sind …«

»Ja, es sind Verbrecher!«, unterbrach er sie brüllend.

»Dann muss man sie fassen! Unschädlich machen! Sie bedrohen dich und mich und alle Menschen!«

»Ihr Glück ist wohl, dass die Landesgrenze so nah ist. Sie können immer wieder entkommen.«

»Aber einmal unterläuft auch ihnen ein Fehler, so wie ihrem Vater!«

»Wir wollen es hoffen … aber ich fürchte, sie werden sich kaum wehrlos ergeben.«

»Welche Ehre sollst du öffentlich wieder herstellen?«

»Die Ehre eines Verbrechers!« Diepolter lachte grimmig auf.

»Gott hat ihn gerichtet, Vater! Wir wollen nicht mehr über ihn urteilen.«

»Damit hast du Recht … aber sein Fluch hat mich getroffen: Erst starb meine erste Frau, und dann starb deine Mutter! Aus den Drachenstuben brach eine neue Wasserader … zweimal hat mir die Flut des Wildbachs die Säge weggerissen.«

»Das ist ein Schicksal, wie es jeden anderen Menschen auch treffen kann! Oder … Vater … fühlst du heute noch den Haldinger in deinem Gewissen?«

Er drehte sich heftig um. »Nein!«

»Wenn man nichts getan hat, was auf einem wie eine Last liegt, braucht man sich nicht zu fürchten!«

Er schwieg und fing wieder an zu wandern.

Lange blieb es jetzt still.

»Woran denkst du, Vater?«

»Ach … das Leben lässt sich erst überschauen, wenn man den größten Teil davon hinter sich gebracht hat. Es lässt sich nun nichts mehr ändern an dem, was vergangen ist. Was nützt uns also die Erkenntnis, dass man so viel falsch gemacht hat, nur weil man in der Welt und vor den Menschen etwas gelten will. Man sieht irgendwo eine Schande und fürchtet sich davor. In Wirklichkeit ist diese Schande gering gegenüber der Pflichtverletzung, derer man sich schuldig gemacht hat. Man sagt sich, wo ein Apfel auf der Erde liegt, muss ein Baum in der Nähe sein … aber der Apfel kann weitergerollt sein, so weit, dass man gar nicht mehr unterscheiden kann, von welchem Baum er gefallen ist.«

»Wovon sprichst du?«, fragte sie erschrocken. Denn so grüblerisch und scheinbar tief traurig hatte sie ihn noch nie gesehen.

»Ja, mein Kind … ich komme jetzt langsam in die Jahre, wo man gerne sein ganzes zusammengerafftes Hab und Gut in die Hände eines kräftigen Sohnes geben möchte. Nein! Nein! Ich bin schon noch da! Meine Kraft ist nicht gebrochen. Ich kann schon noch einige Jahre warten, bis du mir den Mann bringst, der nicht nur nach deinem Herzen, sondern auch aus festem Holz ist, um hier als Bauer und Herr bestehen zu können!«

»Es wird schwer fallen, Vater, einen Mann zu finden, der alle diese Eigenschaften in sich vereinigt.«

»Kaum … es gibt genug solche Männer. Er braucht nicht reich zu sein, meinetwegen kommt er mit leeren Händen. Aber er muss ein Mann sein! Ein ganzer Kerl … ein Kerl wie … sagen wir, der fremde Ingenieur, dem ich bei all seinem Trotz und Eigenwillen meine Achtung nicht versagen kann!«

»Vater!«

»Warum erschrickst du? Habe ich etwa gesagt, dass ich ihn für dich ausgewählt habe? Gott bewahre! Ich wollte dir an ihm nur ein Beispiel zeigen. Herrgott, er wird doch nicht der einzige Mensch hier sein, der noch ein Mann ist?«

Sie kannte sich nicht mehr aus mit ihm. Er war in der Tat sehr verstört.

»Ebenso hättest du mir Doktor Erber als Muster vorschlagen können«, wagte sie einzuwenden, und das Zittern in ihrer Stimme verriet das Klopfen ihres Herzens.

Er warf ihr einen Blick zu. »Den Doktor? … Er ist Arzt. Lassen wir ihn dort, denn da leistet er etwas. Wir brauchen nicht einmal einen Bauern, aber einen Mann, der die Welt auf den Kopf stellen kann! Aber wo kommen wir denn hin, Mädchen? Es ist spät geworden. Und wenn du nicht gleich schlafen kannst, dann soll es nicht der Haldinger sein oder seine Söhne, die dir im Kopf rumspuken. Dieses Gesindel soll uns nicht auch noch im Traum nerven. Gute Nacht!«

Eva stand auf und ging zur Tür. »Gute Nacht, Vater!«

Niemand wusste, dass Abend für Abend Fabian im Glockenturm des Kirchleins auf dem Kapellenberg saß und zum Hof Diepolters hinüberschaute, seitdem dort das Auto gestohlen wurde. Wer gab auch schon Acht darauf, was der Junge in seiner Langeweile trieb? Sowohl der Ingenieur als auch die Försterin ermahnten ihn nur, nichts anzustellen, seitdem er einmal dabei ertappt worden war, wie er gerade ein Tasche voll Zündhölzer aus dem Haus schmuggeln wollte, von denen Rambold eine ganze Büchse voll bei seinen Sachen aufbewahrte.

Doch es hatte noch niemand entdeckt, dass er einen Feldstecher sorgsam unter dem Pulli verborgen mit sich forttrug. Es stammte wohl noch von dem verstorbenen Förster und hing unbeachtet am Treppenaufgang an einem Haken.

Mit diesem Fernglas konnte er die ganze Umgebung genau absuchen. Der Wald, der hinter der Hölltalsäge anstieg, lag so nahe da, dass man glaubte, ihn greifen zu können. Jetzt konnten die beiden Männer wieder aus dem dunklen Gehölz herabkommen, er hätte sie verfolgen können.

Es verging Tag um Tag, ohne dass sich etwas ereignete. Doch Fabian ließ nicht nach. Was er sich einmal in den Kopf gesetzt hatte, wurde durchgeführt.

Er ahnte, eines Tages würde es wieder geschehen.

Es hatte immer schon zur Gewohnheit Diepolters gehört, am späten Abend, wenn das Gehöft bereits in seiner nächtlichen Ruhe lag, noch einmal Türen und Tore abzugehen und auch in das Sägewerk zu schauen, ob dort alles in Ordnung war und die Arbeiter nicht vergessen hatten, die Schutzvorrichtungen zu schließen und alle herumliegenden Gegenstände, an denen man sich verletzen konnte, aus dem Weg zu räumen.

In diesen Tagen schaute er sich besonders sorgfältig in der großen Halle um, als befürchtete er, es könne sich darin jemand verborgen halten.

An der gleichen Stelle, wo heut die Hölltalsäge summte, stand einstmals das verlotterte und heruntergewirtschaftete Anwesen Haldingers.

Und jetzt waren auf einmal die Haldinger-Buben wieder da. Sie hatten es ihn wissen lassen durch den Diebstahl seines Autos und die Hinterlassenschaft eines Zettels.

Wenn Diepolter auch nicht damit rechnete, dass sie hier in die Säge einbrachen – denn da gab es nichts zu stehlen –, so leuchtete er doch mit der Taschenlampe in alle Winkel.

Dann kehrte er zurück in sein Haus, setzte sich in der Stube noch für ein oder zwei Stunden zur Arbeit nieder, oder er zog sich gut an und machte sich auf den Weg zum Dorf zur Sitzung oder zu anderen Kanzleivorgängen.

Und eines Tages, als er wieder zu so später Stunde die Säge betreten hatte und den breiten Gang entlanglief, wurde plötzlich hinter ihm das Tor zugeschlagen.

Es ging kein Wind, dem diese Heftigkeit zugeschrieben werden konnte, deshalb drehte Diepolter sich um und sah sich zwei männlichen Gestalten gegenüber.

»Was soll das?«, fragte er ahnungsvoll. »Wer sind Sie?«

»Sie haben so lange vergeblich nach uns gesucht, Herr Bürgermeister, darum sind wir selbst gekommen«, antwortete ein kräftiger, sommersprossiger Bursche. »Wir sind die Haldinger-Buben, frisch aus dem Gefängnis gekommen, wohin man uns gebracht hat, weil wir Dein und Mein nicht unterscheiden können.«

Diepolter wusste im Augenblick nicht, was er sagen oder tun sollte. Eine solche Frechheit war ihm noch nicht vorgekommen.

»Ich glaube gern, dass es Ihnen die Stimme verschlagen hat, Herr Bürgermeister Diepolter!«, höhnte der Sommersprossige weiter. »Wir haben nur das Auto zurückgebracht, das wir uns ausgeborgt hatten. Schade, dass Sie auf unseren Brief so schlecht reagiert haben, denn jetzt sind wir gezwungen, eine Rechnung zu begleichen, dafür, dass Sie uns um Hof und Heimat gebracht haben. Unser Vater, den Sie ins Zuchthaus gebracht haben, in dem er gestorben ist, kann es nicht mehr tun. Aber wir haben es ihm noch kurz vor seinem Tod geschworen, dass wir, wenn die Zeit dafür gekommen ist, die Schmach rächen werden, die uns angetan wurde!«

»Und dazu braucht ihr die Nacht und diesen verborgenen Winkel, feiges Gesindel!«

»Du tust uns Unrecht, Diepolter! Feig sind wir nicht, aber vorsichtig. Wir wollen Genugtuung!«

»Für was?«

»So solltest du nicht fragen, du Ausbeuter! Wir hätten deine Säge in Brand stecken können, aber davon haben wir nichts. Deine Versicherung hätte sie dir wieder neu hingestellt!«

»Weg da!«, schrie Diepolter und ging auf die Burschen los. »Wenn ihr etwas von mir wollt, dann kommt bei Tag, und zwar zur Tür herein!«

Er wurde so heftig zurückgestoßen, dass er taumelte.

»Halt! Wir sind noch nicht fertig!«, schrie der ältere der beiden Brüder.

»Was noch?«

»Wenn du jetzt nicht tust, was wir wollen, dann wird man hier einen Toten finden, der in die Turbine gestürzt ist. Bis dahin sind wir über die Grenze!«

»Scheusal!«

»Dazu hat man uns gemacht, vor allem du!«

Christoph Diepolter blickte sich nach einem Prügel um, womit er diesen Verbrechern zu Leibe rücken könnte. Denn er sah ein, hier kam er nicht mehr heil heraus. Er sah etwas abseits ein Hebeisen liegen und wollte darauf zustürzen, aber da wurde er auch schon niedergerissen.

Ein paar Fäuste schlugen auf ihn ein, dass ihm die Sinne zu schwinden drohten. Er wehrte sich noch dagegen und versetzte einem der Angreifer einen Schlag, sodass dieser zurücktaumelte. Aber das war nur der Beginn, denn da fühlte er auch schon seine Kehle umklammert, dass er keine Luft mehr bekam!

»Du unterschreibst hier diese Erklärung, die wir an die Aushängetafel vor dem Gemeindehaus heften!«

Ein wenig wurde der Würgegriff gelockert, aber Diepolter taumelte und stürzte zur Erde, wo er besinnungslos liegen blieb.

Die rohen, gefühllosen Hände hatten eben doch zu fest zugedrückt.

Allein der unentwegten, geradezu leidenschaftlichen Abenteuerlust Fabians war es zu verdanken, dass der Einbruch der beiden Verbrecher in die Hölltalsäge nicht ganz unbeobachtet blieb. Der Junge hatte durch das Fernglas die beiden Männer schon entdeckt, als sie bei Einbruch der Dunkelheit vom Wald herabkamen.

Dann war er vom Turm herabgestiegen und, so schnell ihn die Füße trugen, zur Säge hinübergelaufen. Vorsichtig schlich er sich heran und verbarg sich dicht vor dem großen Tor. Als er dann sah, dass die beiden Gestalten lautlos und wie ein Schatten aus der Nacht tauchten, um Christoph Diepolter wie schleichende Katzen zu folgen, als der mit der Taschenlampe die Säge betrat, sprang er davon und rannte zurück zum Kapellenberg.

Martin Rambold saß mit der Hauswirtin zusammen in der Stube. Er war gottlob noch angezogen, weil er gerade erst Feierabend gemacht hatte.

»Herr Ingenieur!«, schrie Fabian, außer Atem vom Rennen. »Ich hab sie!«

»Wen hast du?«

»Die Diebe!«

Rambold stand auf. »Menschenskind! Was redest du da?«

In hastigen, aufgeregten Sätzen schilderte Fabian, was er eben gesehen und erlebt hatte.

Dann war auch der Ingenieur aufgebracht. »Lauf zur Polizei, Fabian! Lauf! Sie sollen gleich kommen!«

Der Bub rannte davon.

Rambold aber sprang in seinen Wagen und fuhr wie vom Teufel verfolgt hinab zur Straße.

Das Tor zur Säge war zu. Aber durch die Ritzen sah man schwaches Licht schimmern.

Rambold legte sein Ohr an das Holz, aber er hörte nichts. Hatte man sein Kommen gehört? Regten sich nicht Schritte dort drinnen? Ein Stöhnen?

Dann warf er sich mit der Wucht seines bärenstarken Körpers gegen das Tor. Schon beim zweiten Mal sprang es aus den Angeln.

Er stand vor der Öffnung und schaute hinein.

Zwei Gesichter starrten ihm entgegen. Am Boden lag eine zusammengekrümmte männliche Gestalt.

»Diepolter?«

In diesem Moment erlosch das Licht. Es war auf einmal stockdunkel.

Aber da ließ Rambold seine Taschenlampe aufblitzen, die er immer bei sich trug.

Der Lichtschein fiel auf zwei unheimlich leuchtende Gesichter, die ihm zugewandt waren. Und jetzt erkannte er sie.

»Also, so sehen die infamen Halunken aus! Was habt ihr getan? Einen Mord?«, schrie der Ingenieur.

Die beiden Verbrecher rückten näher heran, offenbar in der Absicht, durch die Türöffnung entkommen zu wollen.

Aber Martin stellte sich vor sie hin. »Dageblieben! Hier kommt keiner heraus!«

Da wurde er auch schon von einem der beiden angesprungen, wie von einer in die Enge getriebenen Raubkatze. Die Stablampe fiel ihm aus der Hand, aber sie leuchtete am Boden weiter.

Mit den beiden Gesellen lag der Ingenieur nun im Kampf, um sie festzuhalten. Während es ihm gelang, einen durch einen Schlag in den Magen unschädlich zu machen, denn er sackte zusammen und wand sich stöhnend am Boden, drohte ihm der andere zu entkommen. Er konnte ihn gerade noch fassen und zurückreißen.

So hart hatte Rambold noch nie zugeschlagen, aber auch noch nie musste er solche Schläge einstecken, denen nur seine Bärennatur widerstehen konnte.

Es war nur noch ein Keuchen und Zischen zu hören, ein Fluchen und Poltern. Und dann brach der Haldinger-Sohn zusammen und blieb wie tot, mit dem Gesicht auf der Erde, am Boden liegen.

Trotzdem versetzte Martin ihm noch weitere Schläge in die Seiten und über den Kopf, als könne er seiner Wut kein Ende mehr machen.

Unterdessen hatte der andere sich so weit erholt, um aufspringen zu können. In seiner Hand blitzte ein Messer.

Das war der verhängnisvolle Moment, der den wackeren Ingenieur beinahe das Leben gekostet hätte.

Er spürte, wie ihm der tödliche Stahl durch die Rippen fuhr, die Lähmung, die über seine Glieder kam – aber seine Hände hielten die Kehle des Mörders umkrallt, sie drückten zu, immer stärker – bis der Gegner leblos zu Boden polterte. Doch er selbst konnte sich jetzt auch nicht mehr auf den Beinen halten. Er taumelte und sank an der Wand abrutschend auf die Erde.

Schon als Rambold gewaltsam das Tor aufgesprengt hatte, war Eva durch den lauten Krach auf diesen ungewöhnlichen Vorfall in der Säge aufmerksam geworden. Sie war noch eine Weile am Fenster gestanden und hatte aufgehorcht, als in der Nähe ein Auto vorbeirauschte. Sie wollte sehen, was los war, und riss das Fenster auf. In den verstaubten Luken der Säge sah sie den Schein einer Taschenlampe, der bald dunkler, bald heller war, so als würde er immer wieder beschattet.

Und als der Krach des aufspringenden Tores erfolgte, erschrak sie bis ins Mark.

Sie rannte hinunter in die Stube, fand sie aber leer. Das Licht brannte, und alles deutete darauf hin, dass der Vater nur rasch hinausgegangen war. Vielleicht hatte er drüben in der Säge etwas Verdächtiges gehört und wollte nachschauen?

Und jetzt war er garantiert den Verbrechern in die Hände gelaufen.

Das Mädchen lief die Treppe hinauf und trommelte an die Kammertüren, um die Arbeiter zu wecken.

Sie warfen sich sofort in die Kleider – aber es dauerte doch alles viel zu lange, um ein Unglück zu verhüten.

Als sie endlich mit allerlei schlagkräftigen Gegenständen der Säge zuliefen, waren bereits die beiden von Fabian alarmierten Polizisten da, für die es einiges zu tun gab.

Christoph Diepolter kam wankend aus dem Tor. Er wurde von ein paar Arbeitern gestützt und weggeführt. Er wollte sprechen und schaffte es nicht. Die Aufregung und das Entsetzen schnürten ihm immer noch die Kehle zu.

»Mörder!«, sagte er nur.

»Vater!«, schrie Eva erschrocken auf, als sie sein blutverkrustetes Gesicht sah.

Da ging der Ruf nach einem Arzt um.

»Einen Arzt? Wozu einen Arzt?«, sagte Diepolter.

Da hörte man die Stimme Fabians aufschreien: »Herr Ingenieur?«

»Was ruft er?«, fragte Diepolter. »Was will er vom Ingenieur?«

Eva stand erschrocken und still.

Ein Arbeiter kam angelaufen. »Bauer … es ist der Ingenieur! Er ist erstochen worden …!«

»Der Ingenieur?«, fragte Diepolter fassungslos. Er war noch ganz benommen und wusste überhaupt nicht, wie er aus der Todesgefahr errettet wurde …

Eva lief weg und rannte ins Haus. Einen Augenblick später hing sie schon am Telefon und sprach mit Doktor Erber …

»Ich weiß nicht, was geschehen ist!«, rief sie aufgeregt. »Die Leute sagen, dass der Ingenieur schwer verletzt sei. Es wurde in der Säge eingebrochen! Der Vater entkam mit einer kleineren Verletzung …«

Sie war ganz durcheinander.

»Höre, Eva: Ich komme!«

Sie fing noch einmal zu sprechen an, bekam aber keine Antwort mehr.

»Hallo, Doktor!«

Nichts. Sie legte den Hörer auf die Gabel und eilte zurück zur Säge.

Man hatte jetzt überall die Lichter angemacht, auch die Hoflampen. Taghell war es in der Säge und vor den Toren. Die Leute hatten sich versammelt. Jetzt wusste man schon mehr. Die Polizei hatte zwei zusammengeschlagene Einbrecher aufgegriffen. Sie mussten einen Wagen anfordern, um sie transportieren zu können; denn sie waren beide nicht mehr in der Lage, sich aufzurichten.

Ein Beamter war mit dem schwer verletzten Ingenieur beschäftigt. »Einen Arzt!«, rief er wiederholt.

Da kam auch schon Doktor Hans Erber angefahren. Er wurde von Juliane begleitet.

Es galt keine Zeit zu verlieren. Ohne lange zu fragen, ohne sich durch irgendwelche entsetzte Bestürzungen aufhalten zu lassen, ging der Arzt daran, erste Hilfe zu leisten, und seine Schwester unterstützte ihn tapfer und geschickt.

»Ins Krankenhaus?«, fragte Juliane nur, und zwar mit so viel Besorgnis und Furcht, dass keinem Umstehenden ein Zweifel über die Bedenklichkeit des Zustandes dieses Verletzten blieb.

Doktor Erber schüttelte den Kopf. Ohne sich in seinen Bemühungen stören oder aufhalten zu lassen, sagte er dann: »Er würde den weiten Transport kaum überstehen.«

»Wohin?«

»Nehmen wir ihn mit zu uns heim …?«

»Ja«, antwortete sie.

Inzwischen waren die beiden Verbrecher weggebracht worden.

Ein Beamter versuchte Diepolter zu vernehmen.

Aber erst als der Arzt mit dem schwer verletzten Ingenieur weggefahren war, hatte Diepolter sich soweit gefasst, dass er dem Beamten einige vernünftige Antworten geben konnte.

Sie gingen langsam ins Haus hinüber, und Christoph Diepolter erzählte, wie alles gekommen war, als er in die Säge gegangen und plötzlich von den beiden Verbrechern überfallen worden war.

Wie er gerettet wurde und was geschehen war in der Zeit, in der er infolge des Würgens besinnungslos war, das wusste er nicht.

Eva, die neben dem Vater ging und in fiebriger Aufregung fast hörbar die Zähne zusammenschlug, blieb plötzlich zurück.

Sie hatte unter dem alten Ahornbaum eine Gestalt entdeckt, die dort ganz verlassen stand. Sie ging langsam darauf zu, weil sie den Wartenden nicht erkennen konnte. Es war niemand vom Haus.

Dann plötzlich sah sie, dass es ein Junge war – der Fabian …

»Fabian!«, sagte sie leise. »Was tust du da?«

Der Bub brach in ein herzzerreißendes Schluchzen aus. »Der Ingenieur!«, brachte er hervor. »Er wird sterben!«

»Nein!«

»Der Doktor hat es gesagt, ich hab es gehört!«

»Was hat der Doktor gesagt, Fabian?«

»Wenn er uns bloß nicht auf dem Weg stirbt …«

»Nein … der Doktor wird ihn retten!«

»Und ich … ich bin schuld!«, klagte der Junge sich an.

»Du?«

»Ich habe ihn geholt, als ich gesehen habe, dass in die Säge eingebrochen wird!«

»Du hast es gesehen?«

Fabian nickte und erzählte ihr, dass er Abend für Abend auf dem Turm des Kapellenbergkirchleins gesessen habe, weil er dem Ingenieur beim Fangen der Verbrecher helfen wollte.

»Hast du ihn denn so gern, den Ingenieur?«

Der Bub nickte.

Sie streichelte ihm über den Kopf. »Geh jetzt heim, Fabian! Die Försterin wird auf dich warten, und auch auf den Ingenieur. Sie weiß ja noch nicht, was geschehen ist.«

Der Junge nickte und ging davon.

Er lief noch einmal zur Kuppe des Kapellenberges hinauf und stieg in den Turm, um den Feldstecher zu holen, den er dort liegen gelassen hatte. Er wollte ihn im Forsthaus an seinen Platz zurückbringen, damit die Försterin nichts merkte; denn er hatte ihn ja heimlich mitgenommen.

Nachdem Christoph Diepolter sich vom Schmutz und dem Blut gereinigt hatte, sah es nicht schlimm aus mit ihm. Nur an seinem Hals sah man ein paar Würgemale.

Der Beamte hatte ein Protokoll niedergeschrieben, das er laut vorlas. Diepolter pflichtete ihm, vor sich hinnickend, bei.

»Damit hat wohl der Schrecken vom Hölltal ein Ende gefunden«, sagte der Polizist. »Ich bin gerne bereit, an dem Ingenieur gutzumachen, was ich durch wiederholte Verdächtigungen seiner Leute und den ständigen Nachforschungen an ihm verbrochen habe!«

»Ich auch, Herr Wachtmeister! Ich auch!«, entgegnete Diepolter.

Später, als der Beamte das Haus verlassen hatte und sich die große Aufregung vor allem der Angestellten ein wenig gelegt hatte, telefonierte Eva mit dem Doktorhaus.

Am anderen Ende des Drahtes meldete sich Juliane.

»Es lässt sich noch nichts sagen«, bedauerte sie. »Jedenfalls hat er das Bewusstsein noch nicht wieder erlangt. Mein Bruder sagt, dass der Stich glücklicherweise am Herz vorbeigegangen ist, aber der starke Blutverlust, den er erlitten hat, halte gerade noch das Zünglein an der Waage …«

»Was kann man denn für ihn tun, Juliane? Du weißt, der Vater würde keine Kosten scheuen!«

»Gar nichts, als hoffen, dass er die Schwäche überwindet. Wir tun, was wir können und werden ihn keine Sekunde aus den Augen lassen. Die ganze Nacht nicht.«

Noch zweimal rief Eva in dieser Nacht im Doktorhaus an, aber sie konnte keinen ermutigenden Bescheid mehr bekommen.

Sie musste so zu Bett gehen, auch wenn sie lange keinen Schlaf finden konnte.

Mehrere Tage lag Martin Rambold im Doktorhaus in Mölk in fast hoffnungslosem Zustand. In steter Tag-und-Nacht-Wache harrte Juliane fast ausschließlich bei ihm aus. Doktor Erber hatte ja noch viele andere Verpflichtungen an seinen Kranken, aber er war immer da, wenn sein Eingreifen vonnöten war, um das erlahmende Herz anzuregen.

Der Vorgang in der Hölltalsäge hatte unter der Bevölkerung die reinste Panik ausgelöst. Die ältere Generation hatte den alten Haldinger noch gut in Erinnerung. Wenn auch zu erwarten war, dass seine beiden Sprösslinge infolge des Beispiels, das der Vater gab, und der schwierigen Kindheit und Jugend ohne Eltern nicht gerade musterhafte Angehörige der Menschheit würden, so hatte man doch nicht mit einem solchen Auswuchs gerechnet. Ein Mord, auch wenn er nicht zur Ausführung gekommen war, zählte zu den scheußlichsten und gemeinsten Verbrechen, die es unter Gottes Sonne gab. Mit viel Spannung erwartete man den Ausgang des Prozesses und das Urteil, das wohl über die beiden Haldinger-Buben gefällt würde.

Aber auch der Ingenieur, der bis zu jener Nacht als unliebsamer Fremdling im Hölltal gegolten hatte, hatte nun

Achtung und Ansehen bei allen. Man wusste, dass er bei der Rettung des Bürgermeisters beinahe ermordet worden war, und als es die Runde gemacht hatte, dass er im Doktorhaus zwischen Leben und Tod schwebte, waren alle Beschwerden der Bauern von Mölk ganz und gar verstummt.

Ein paar Mal am Tag stand Eva vor der Tür des Doktorhauses, um den Bericht des Arztes oder seiner Pflegerin zu hören. Aber immer wieder kehrte sie mit ernstem, sorgvollem Gesicht zum väterlichen Hof zurück, um dort dem in Furcht und Bangen harrenden Christoph Diepolter ihren Bescheid zu überbringen.

Auch Fabian hatte eines Tages Einlass ins Doktorhaus begehrt, und als er zurückkam und barfuß die Dorfstraße hinauflief, hatte er ein verweintes Gesicht.

Das ging tagelang so. Und dann kam in das Dunkel der Todesahnung das befreiende Licht. Die eiserne, kräftige Natur des Mannes bezwang den Tod.

Am Abend hatte man noch nichts von einem Ende der Krisis des Patienten bemerkt. Doktor Erber hatte ihm noch die herzstärkende Ampulle injiziert, ehe er seiner Schwester die Nachtwache übertrug.

Dann waren die Stunden träge und müde dahingeschlichen.

Juliane griff dann und wann nach der Hand des Kranken, um den Schlag des Pulses zu kontrollieren. Sie hatte bereits ein genaues Gefühl für die Funktion des Herzens und des Blutkreislaufes. Man konnte sich auf sie verlassen. Sie stellte eine Stabilisierung des Kranken fest.

Ab und zu kam es vor, dass sie vor Müdigkeit auf ihrem Stuhl einnickte. Ihr Bruder hatte vorgeschlagen, dass man eine ambulante Krankenschwester anfordern sollte. Denn er sah längst die Spuren von Übermüdung und Erschöpfung im Gesicht des Mädchens. Bleich schaute Juliane aus, und die vortretenden Wangenknochen verrieten, dass ihr Körper mehr und mehr an Substanz verlor. Ihre Augen lagen tief in den Höhlen.

Aber Juliane wollte nichts von einer Ablösung wissen. Sie wollte durchhalten, bis dieses Leben hier den Sieg davontrug oder – was Gott verhüten mochte – der Tod das Ende brachte.

Und in dieser Nacht, als die treue Pflegerin eben auf ihrem Stuhl ein wenig eingeschlafen war und dann erschrocken aus einem wirren Traum aufschrak, als hätte eine kalte Hand sie berührt, da sah sie, dass Martin mit wachen Augen dalag und sie unverwandt anschaute.

Das waren nicht die Augen eines Toten! So blickte ein Mensch, der sich auf sein Leben besann und die Wirklichkeit aus dem Gedächtnis verloren hatte und nun einen Anschluss suchte an den Strom von Gedanken, die an ihm vorüberrauschten.

Sie stand ruhig und gefasst auf und näherte sich ihm langsam. Dabei bemerkte sie, dass seine Augen ihr folgten, verwundert und verwirrt.

»Herr Rambold!«, sagte sie leise. Ihre Stimme bebte.

Er ließ kein Auge von ihr.

Sie ergriff seine Hand. Sie fühlte sich warm an und erwiderte den Druck der ihrigen.

»Wo? Wo bin ich?«, fragte er mühsam.

»Erkennen Sie mich?«

Er nickte und versuchte zu lächeln.

»Sie waren weit fort ... so weit, Herr Rambold!«

Nebenbei fühlte sie seinen Puls und stellte keine Veränderung fest. Beinahe wollte sie glauben, dass er kräftiger ging. Er schloss müde die Augen. Noch konnte er sich an gar nichts erinnern.

Juliane verließ das Zimmer und weckte ihren Bruder. Der eilte erschrocken an die Tür.

»Er ist aufgewacht«, sagte sie.

Hans Erber schaute sie nur an, dann eilte er ins Krankenzimmer, dass sie ihm kaum folgen konnte. Martin lag wieder mit geschlossenen Augen da wie früher.

»Er war wach!«, behauptete sie leise und erregt. »Ich habe mit ihm gesprochen! Er hat mich erkannt!«

Der Arzt sagte nichts, sondern schaute auf das Gesicht des Patienten.

»Siehst du?«, sagte er dann. »Die Muskeln des Gesichtes fangen an, sich zu beleben, man sieht die ersten Anzeichen der Durchblutung. Jetzt schläft er. Vielleicht ist es der erste richtige Schlaf seit dem Geschehen …«

»Hans!« Sie umfing ihn und war erschüttert.

Er schaute sie zärtlich an. »Das Hauptverdienst an seiner Rettung hast du, Juliane!«

»Du glaubst, dass er gerettet ist?«

»Ja.«

»Was habe ich zu tun?«

»Alles wie sonst: Zweistündlich Infusion …«

»Danke!«

»Du dankst mir, Mädchen? Wofür?«

»Die Leute behaupten, dass du ein ausgezeichneter Arzt wärst, Hans. Ja, das bist du!«

Er hielt ihr die Hand vor den Mund. »Pst! Der beste Arzt ist der über den Sternen. Ohne ihn bin auch ich nichts!«

Sie schaute ihn bewundernd an. »Ich bin stolz auf dich, Hans!«

»Und ich auf dich!«

Bis in die Morgenstunden hinein lag Martin Rambold in einem erholsamen Schlaf. Als er erwachte und Juliane neben seinem Bett sitzen sah, war er wiederum verwirrt. Aber er erkannte sie und griff nach ihrer Hand. »Wer hat Sie zu mir gerufen, Juliane?«

»Wer? Das weiß ich gar nicht mehr«, lächelte sie. »Es ist schon zu lange her.«

Er schaute sie verständnislos an und schien nachzudenken.

»War ich denn nicht in der Säge Diepolters?«

»Sehen Sie! Jetzt kommt Ihre Erinnerung langsam zurück, nicht wahr?«

»Wo sind die Polizisten?«, fragte er aufgeregt. »Ich habe doch den Fabian nach ihnen geschickt!«

»Alles erledigt, Herr Ingenieur!«, beruhigte sie ihn.

»Erledigt?«

»Die Haldinger-Buben sitzen hinter Schloss und Riegel. Zufrieden?«

Er nickte. »Es sind verdammte Burschen, gehen mit dem Messer auf einen los.«

»Dabei hätten sie beinahe einen Mord begangen! Wir haben Sie ins Doktorhaus genommen.«

»Sie?«

»Und mein Bruder.«

Er musste lange nachdenken; denn es funktionierte noch nicht so ganz mit der Erinnerung. Er brachte alles durcheinander.

Sie betrachtete ihn, legte dann die Hand auf seine Stirn, als wollte sie ihm beim Sammeln seiner Gedanken helfen.

»Was ist mit dem Diepolter?«

»Ihm geht es gut. Er hat Ihnen viel zu verdanken, Herr Rambold!«

»Mir?«

»Er wäre vielleicht von den beiden Gangstern umgebracht worden, wenn Sie nicht rechtzeitig dazugekommen wären!«

»Das soll er dem Fabian danken. Er war es, der den Burschen auf die Spur kam.«

Es ging jetzt schon besser mit der Erinnerung.

»Wie lange liege ich schon hier?«, fragte er.

»Fünf Tage.«

Man merkte, wie diese Antwort ihn schockte.

»Jetzt wird aber geschlafen!«, befahl sie. »Der Herr Doktor hat jede Anstrengung und Aufregung verboten.«

»Juliane! Fräulein Juliane!«

»Bitte?«

»Ich möchte Ihnen danken!«

»Später! Jetzt wird geschlafen!«

Sie füllte den Infusionsapparat und führte ihm die Stärkung zu.

Die Genesung machte gute Fortschritte. Täglich kamen jetzt Anrufe von der Wildbachsektion und aus dem Dorf. Juliane hatte jedes Mal ihre Freude daran, eine gute Auskunft geben zu können.

Dann kamen die ersten Besuche: Eva, die Tochter des Bürgermeisters, war als Erste gekommen und bestellte ihm Grüße von ihrem Vater. Sie brachte Blumen mit und viel Heiterkeit.

»Ist es nicht seltsam, dass gerade wir beide dazu ausersehen waren, so knapp an der Schwelle des Todes zu stehen?«, sagte sie einmal und zeigte ein nachdenkliches, ernstes Gesicht. »Sie wollten mir damals nicht glauben, dass ich auf der Straße ein rotes Licht gesehen habe! Denken Sie selbst darüber nach! Es waren dieselben Halunken, die diesen Anschlag auf mich oder auf meinen Vater geplant hatten. Unser Wagen war ihnen so gut bekannt wie jedem anderen Bewohner des Dorfes.«

»Eva!«, rief er. »Nein, daran habe ich noch nicht gedacht. Aber Sie haben Recht!«

Juliane wandte sich verlegen ab und suchte irgendetwas zu tun, als sie auf das rote Licht zu sprechen kamen.

Sie erinnerte sich, welch ungeheuren Verdacht sie ausgesprochen hatte.

Aber Rambold schien es vergessen zu haben. Wenigstens tat er so.

Auch die Arbeiter vom Wildbach kamen, um ihren Ingenieur aufzusuchen und ihm eine gute Besserung zu wünschen.

Martin interessierte sich sehr für den Fortgang der Arbeit. Man hatte zur Fertigstellung des letzten Abschnittes einen Ersatzmann für ihn geschickt. Es war ja nicht mehr viel zu tun, vor allem gab es keine großen Schwierigkeiten mehr.

Martin leitete den Mann, es war ein älterer Schachtmeister, vom Krankenbett aus und nahm täglich seinen Bericht entgegen. Und eines Tages kam die alte Försterwitwe, um ihm ihre guten Wünsche zu bringen. Sie meinte es ehrlich damit, denn er war in ihrer Einsamkeit wie ein guter Sohn gewesen.

»Was macht der Fabian?«, fragte er.

»Ach, der Schlingel!«, entgegnete die alte Frau, und man merkte, dass sie es gar nicht so ernst meinte mit diesem Tadel. »Eben hat er beim Schmied an einem Traktor herumgespielt und hat sich voll geschmiert, dass ich ihn nicht mitnehmen konnte.«

»Wo steckt er?«

»Draußen.«

»Ich will ihn trotzdem sehen!«

»Aber …!«

Da war Juliane schon auf dem Weg, den Buben hereinzuholen. Sie wusch ihm zuerst die Finger und das Gesicht, ehe er in das Krankenzimmer durfte.

»Da ist er ja, mein Held!«, rief Rambold erfreut und zog den Jungen zu sich heran.

Fabian schaute ihn todernst an.

»Was machst du denn für ein Gesicht? Freust du dich vielleicht gar nicht, dass ich wieder gesund werde?«

»Doch ... aber der Wildbach wird bald fertig sein.«

»Ist es dir vielleicht nicht recht? Warum denn nicht?«

»Weil Sie dann wieder fortgehen.«

»Ach so! Das werde ich allerdings tun, Fabian. Aber ich werde mit dem Bürgermeister sprechen, und ich glaube nicht, dass er etwas einzuwenden hat, wenn ich dich mitnehme.«

Der Junge schaute ihn bestürzt an.

»Oder willst du das nicht?«

Jetzt legte sich ein breites Lachen auf das Gesicht Fabians. »Ja! Ja! Ja!«, rief er und hätte in seiner Begeisterung sich beinahe dem Ingenieur an die wunde Brust geworfen.

Nur Christoph Diepolter hatte sich noch nicht sehen lassen. Er bestellte lediglich Grüße und gute Wünsche durch Eva, seine Tochter, die jeden Tag ins Doktorhaus kam, aber nicht allein nur des Kranken wegen, sondern auch, um mit dem Doktor ein paar Worte zu tauschen oder ihn in seinem Zimmer aufzusuchen.

Martin fand es ganz selbstverständlich, dass Christoph Diepolter nicht persönlich zu ihm kommen wollte, denn sie waren doch des Öfteren hart aneinander geraten. Vielleicht wollte er es sogar, aber er hatte nicht den Mut, ihm unter diesen anderen Verhältnissen unter die Augen zu treten.

»Sagen Sie Ihrem Vater, dass ich sehr froh bin, ihn vor dem Verbrechen gerettet zu haben. Ich habe keinen Verdienst daran, denn es war alles das Schicksal, dem wir alle unterworfen sind. Auch Ihr Vater!«, sagte er zu Eva.

»Aber kein anderer als Sie konnte ihn retten«, entgegnete das Mädchen überzeugt.

»Glauben Sie? Deshalb musste es auch ich sein! Ich würde Ihnen so gerne das Glück wünschen, Eva, nach dem Sie sich sehnen! Ihr Platz ist nicht da droben in der

Hölltalsäge, sondern hier in diesem Haus! Vielleicht sieht Ihr Vater auch das einmal ein!«

Sie errötete.

Juliane hatte wieder ihre normale Tagesarbeit aufgenommen. Sie half ihrem Bruder in der Sprechstunde, nahm die Telefongespräche an und unterstützte die alte Mutter im Haushalt. Aber oft steckte sie auch den Kopf zur Tür herein, um nach dem Patienten zu sehen und ihn zu fragen, ob er etwas benötige.

Doch er war ein zufriedener und anspruchsloser Kranker. Er belastete sie wenig und machte ihr so gut wie keine Mühe.

Nach Feierabend, wenn ihr Bruder noch auf Krankenbesuch war, kam sie dann, um ein wenig mit ihm zu plaudern.

»Wenn die Arbeit hier vorbei ist, wo werden Sie dann sein?«, fragte sie einmal.

»Das weiß ich noch nicht. Es liegt mir nicht viel daran, denn ich bin nirgends und überall daheim. Am liebsten bin ich da, wo es nette Menschen gibt. Freilich, so wie hier in Mölk werde ich mich wohl nirgends mehr daheim fühlen!«

»Und gerade hier hatten Sie es so schwer. Von Anfang an stellten sich Ihnen die Menschen entgegen, alle, auch die, die heute umdenken gelernt haben. Und beinahe hätten Sie sogar noch Ihr junges Leben verloren!«, sagte sie.

»Das alles zusammen ergibt eine wunderbare Einheit, einen Lebensinhalt, den bessere Menschen als ich entbehren. Ich weiß nicht, wie ich es Ihnen sagen soll. Sie kennen doch den Fabian, den armen Buben, der mein kleiner Freund ist. Die Mutter hat ihn verlassen, weil er ihr zur Last wurde, der Vater hält sich verborgen und drückt sich vor der Verantwortung. Vielleicht tat er es, weil er sich vor der Schande fürchtete. Sehen Sie, Juliane, beinahe aus derselben Misere komme ich auch. Allerdings hatte ich eine Mutter, die mich umsorgte und liebte bis zu ihrem Tod. Aber auch ich kenne meinen Vater nicht. Die Mutter hat mir erzählt, dass er gestorben wäre. Aber ich glaube es nicht, denn irgendwo, auf irgendeinem Dokument hätte sein Name einmal auftauchen müssen. Meine Mutter war gut zu mir und tat alles für mich, deshalb habe ich geschwiegen.«

Er brach ab.

Sie schaute ihn erwartungsvoll an. »Warum sprechen Sie nicht weiter?«

»O nein! Ich schäme mich nicht! Die Schande kommt allein meinem Vater zu. Wenn er, aus welchen Gründen auch immer, sich verborgen hält, ein Stück Feigheit gehört schon dazu, wenn man der Pflicht aus dem Weg zu gehen versucht. Ich glaube, dass er meiner Mutter Geld gegeben hat. Wie hätte sie mich sonst auf die Schule schicken können? Vielleicht ist er sogar ein sehr reicher Mann, ich weiß es nicht. Meine Mutter war sehr schön, aber sie kam aus armen Verhältnissen.«

Er griff unter das Hemd nach einem Kettchen und zog ein Medaillon hervor. »Sehen Sie! Das hier hat mir meine Mutter vor ihrem Tod gegeben. Sie hat es einmal mitgebracht und seitdem getragen. Sie hat behauptet, dass von diesem Medaillon ein besonderer Schutz ausgehe und hat mir aufgegeben, es allzeit bei mir zu führen. Ich habe mein Versprechen gehalten, ließ es später sogar noch in Silber fassen und ein Bild meiner Mutter einlegen. Hier!«

Juliane hielt das Medaillon in ihren Fingern und betrachtete das Bild. Es zeigte eine Frau, noch in jüngeren Jahren, vielleicht war es sogar noch aus ihrer Mädchenzeit. Die Schönheit des Antlitzes war nicht zu leugnen, und das dunkle, volle Haar trug sie nach der damaligen Mode auf dem Land zu einer Krone geflochten. Neben

Güte und Anmut verrieten die Züge Frohsinn und Zuversicht.

»Sie ist schön!«, sagte das Mädchen. »Sie haben Ihre Mutter wohl sehr geliebt?«

»Ich hatte sonst niemanden, meine ganze Liebe versammelte sich auf diesen einzigen Menschen. Als sie starb, ging für mich eine Welt unter; aber Sie mögen mir glauben oder nicht, sie war auch nach ihrem Tod um mich. Ich fühlte überall ihre Nähe, sie führte mich, besonders wenn eine Gefahr auf mich zukam.«

Er verschloss die Kapsel wieder, auf deren Oberfläche das Bild der schmerzensreichen Madonna eingeprägt war.

Das Mädchen zeigte sich sehr nachdenklich. »Es war ein Wunder, dass Sie mit dem Leben davongekommen sind«, sagte sie. »Mein Bruder behauptet, dass in hundert solcher Fälle vielleicht ein einziger gut verläuft. Sie hatten sehr viel Blut verloren.«

»Unkraut vergeht nicht, und leichter werden aus einem zwei!«, scherzte er.

Doktor Erber hatte angeordnet, dass sein Patient nun mehrmals am Tag für wenige Minuten das Bett verlassen sollte, damit die Muskulatur, besonders die des Herzens, langsam an die Arbeit gewöhnt wurde und sich dadurch kräftige.

Er hatte Recht, denn jeden Tag fühlte Martin sich besser. Er ging zum Fenster hin und schaute auf den Garten hinab. Die Früchte an den Bäumen zeigten schon Zeichen beginnender Reife. In den Rabatten blühten die Rosen in allen Farben.

Fast täglich brachte Juliane einen bunten Strauß in sein Zimmer.

»Von wem?«, fragte er immer.

Ihre Antworten waren verschieden: »Die schickt die Försterin«, oder: »Einen schönen Gruß von Eva«, oder auch: »Der Herr Pfarrer lässt Ihnen gute Besserung wünschen …«

»Der Herr Pfarrer? Ich kenne ihn ja gar nicht!«

»Aber er hat sich immer sehr um Sie gekümmert!«

»Und schickt mir Rosen?«

Sie wurde ein wenig verlegen. »Warum nicht? Sein Garten ist voll davon!«

Er hatte schon auf der Zuge: »Der Garten des Doktorhauses auch«, aber er schwieg.

»Übrigens wird der Herr Pfarrer Sie demnächst besuchen. Er ist ein alter, leutseliger Herr.«

»Angenehm.« –

Die Geschichte von dem Medaillon der Mutter, das der raue, harte Naturbursche auf seiner Brust trug, blieb kein Geheimnis, ebenso nicht die Geschichte der unglücklichen Jugend des Ingenieurs, der von seinem Vater verleugnet worden war. Juliane erzählte sie nicht nur ihren Leuten, sondern auch ihrer Freundin, der Eva von der Hölltalsäge.

Diese wiederum gab sie weiter an ihren Vater, und so kam es, dass auch Eva das Bildnis der Mutter Martins sehen wollte.

»Oder ist es Ihnen peinlich?«, fragte sie.

»Gewiss nicht. Ich habe mich meiner Mutter und ihres Glaubens nicht zu schämen!«

Eines Tages besuchte ihn tatsächlich der Pfarrer des Dorfes. Er war ein einfacher, freundlicher Herr in vorgerückten Jahren. Er trug noch das schwarze, runde Käppchen, unter dem das graue Haar, das einmal tiefschwarz gewesen sein musste, hervorschaute. Auch die dickbuschigen Brauen, die ihm zunächst ein strenges, unwirsches Aussehen verliehen, waren schon grau.

Er war aber weder streng noch unwirsch. Sie unterhielten sich ganz prächtig über die wohl gelungene Wildbachverbauung, und der hochwürdige Herr hielt nicht mit seinem Lob für die kluge und umsichtige Arbeit des Ingenieurs zurück.

»Sie haben das Hölltal von einer sehr unseligen Furcht befreit, Herr Ingenieur! Ich hoffe nur, dass die Leute hier es Ihnen zu danken wissen.«

»Es ist mir nicht um den Dank, Herr Pfarrer, sondern um die eigene Genugtuung, meine Pflicht getan zu haben.«

»Die haben Sie wirklich getan, mein junger Freund! Unser Bürgermeister hat Ihnen sein Leben zu verdanken! Hätten wir mehr solche wackeren Männer!«

Von Doktor Erber erfuhr Martin, dass der Lebrainer gesund aus dem Krankenhaus entlassen worden sei.

Es dauerte auch keine zwei Tage, da stand der Mann vor ihm.

»Herr Ingenieur, da bin ich!«, sagte er lachend.

»Lebrainer! Ich heiße Sie willkommen! Sie haben sich ja wieder prächtig erholt!«

»Und wie! Schade, dass die Arbeit am Wildbach zu Ende geht. Jetzt wäre ich erst in Form. Aber was war mit Ihnen? Ich habe einen Schock bekommen, als ich davon hörte. Solche Halunken! Ein solches Gesindel! Mit meiner Frau konnten sie es ja machen! Landvermesser! Wenn sie ihr gesagt hätten, sie wären Abgesandte vom Kaiser von China, dann hätte sie es auch geglaubt!«

»Was reden Sie da, Lebrainer?«

»Die Haldinger-Buben haben in meinem Haus geschlafen! Zuerst legen sie mir die Falle, dass ich in das Staukar falle und beinahe ertrinke – dann gehen sie zu meiner Frau und mieten sich als Landvermesser ein, um von dort aus ihre Lumpereien zu machen. Da soll doch gleich der Blitz reinfahren! Aber warten Sie, wenn die Verhandlung anfängt! Die Welt soll sich wundern, was der schweigsame Lebrainer alles zu sagen weiß!«

Und eines Tages geschah es, woran wohl kein Mensch mehr dachte und glauben konnte, dass Christoph Diepolter, der Bürgermeister, den Ingenieur im Doktorhaus aufsuchte. Er kam ganz allein. Juliane hatte ihm lediglich die Tür des Krankenzimmers geöffnet und war dann gleich wieder verschwunden.

»Wie geht's?«, fragte er.

»Ausgezeichnet, Herr Bürgermeister!«

Der Alte war sichtlich verlegen und wollte zunächst keinen Gebrauch von dem angebotenen Platz machen. Erst nach einigem Überlegen setzte er sich schließlich doch nieder. »Ich gehe nicht gern in ein Doktorhaus«, sagte er. »Da riecht es mir zu stark nach Krankheit. Aber es geht doch nicht an, dass ich mich bei Ihnen überhaupt nicht sehen lasse.«

Man merkte, das Reden fiel ihm schwer.

»Ich weiß recht gut, was ich Ihnen zu verdanken habe, Herr Rambold. Und es ist ganz selbstverständlich, dass ich für alle Verluste, die Sie durch diesen scheußlichen Vorfall erlitten haben, aufkomme.«

»Ich habe keine Verluste erlitten, Herr Bürgermeister. Der Doktor garantiert mir, dass ich meine Glieder bald wieder wie früher gebrauchen kann.«

»Aber die ausgestandenen Schmerzen, den Aufwand an Geduld ...«

»Die Geduld hat der Doktor aufzuwenden, Herr Bürgermeister, und auch seine Schwester, die mich Tag und Nacht gepflegt hat.«

Sie sprachen noch einmal das ganze Geschehen in jener Nacht durch. Es kamen dabei so viele Einzelheiten zu Tage, die dem einen oder anderen gar nicht bekannt waren.

»Einen Gefallen können Sie mir tun, Herr Bürgermeister: Wenn ich von hier fortgehe, geben Sie mir den Fabian mit. Er ist mir ein guter Freund geworden, und so viel ich erkennen kann, hängt er an mir. Er hat es verdient, dass man ihm ein Recht zum Leben einräumt. Ohne ihn wäre alles anders und jedenfalls schlimmer verlaufen.«

Christoph Diepolter nickte. »Sie haben aus dem Jungen einen recht brauchbaren Kerl gemacht!«, gab er zu.

»Der arme Teufel! Ich habe es selbst erfahren, welcher Makel einem Kind oft durch das ganze Leben anhaftet, das nicht einmal den Namen seines Vaters kennt! Wenn man nicht nur unerwünscht, sondern ungesetzlich in die Welt gesetzt wird, als hätte das Kind die Sühne für die Schuld der Eltern zu tragen. Der Fabian ist noch weit schlimmer dran, als ich es gewesen bin. Er kann nicht, wie ich, das Amulett seiner Mutter auf der Brust tragen und ihrer mit Achtung und Liebe gedenken, auch wenn sie schon tot ist!«

Martin hatte sein Medaillon hervorgezogen und die Kapsel geöffnet, in der das Bildnis seiner Mutter eingefasst war. »Sie werden sich vielleicht wundern, Herr Bürgermeister, dass ich ein so frommes Schmuckstück bei mir trage. Aber war es mir diesmal nicht wirklich zum Schutz? Nur wenige Millimeter haben gefehlt, dann wäre der Stich mir durchs Herz gegangen …«

Mit entgeistertem Gesicht starrte Diepolter auf das kleine Bild im Medaillon.

»Freilich, ich hätte keinen Menschen hinterlassen«, fuhr der Ingenieur fort. »Aber mein Leben ist mir gleich viel wert, wie einem Mann, dem Vater und Mutter oder Frau und Kinder nachtrauern.«

Es war seltsam, wie der Mann auf dem Stuhl mehr und mehr zurückwich und dann seinen Blick auf das Gesicht des Ingenieurs heftete, als wollte er es Zug um Zug studieren. Er starrte diesen Fremdling an, als hätte er in ihm ein Phänomen erblickt, das er mit seinem menschlichen Verstand nicht zu erfassen vermochte.

Sein Schweigen war unheimlich. Sein Gesicht hatte sich verfärbt.

»Ist Ihnen nicht gut, Herr Bürgermeister?«

»O doch … ich weiß nicht.«

»Sie haben sich noch nicht erholt!«

»Es kann sein …«

Diepolter erhob sich. Er streckte dem Ingenieur die Hand hin, aber es fehlte der Druck darin. Es war nur ein kaltes, kurzes Berühren, kaum dass Martin die rauen Arbeitsschwielen spürte.

Dann ging Christoph Diepolter davon.

Und Rambold sah ihm mit verwundertem Kopfschütteln nach.

Auch Eva fühlte, dass mit dem Vater eine unerklärliche Veränderung vor sich gegangen war. Er ging plötzlich von seinen täglichen Gewohnheiten ab. Es traten Unregelmäßigkeiten in seiner sonst so korrekten Tageseinteilung auf.

Sie stellte fest, dass er gealtert war. Noch nie war sein Körper so gebeugt gewesen, noch nie sein Schritt so müde und schleppend.

Fühlte er sich nicht mehr gesund? Dann musste man zum Arzt gehen, ehe es zu spät war.

Aber er winkte nur ab, wenn sie ihn dazu ermahnen wollte. »Es fehlt mir nichts!«, behauptete er.

Auch die Sägearbeiter und die Angestellten auf dem Hof sahen ihm erstaunt nach, wenn er an ihnen vorbeikam, ohne etwas zu bemängeln wie früher, ohne etwas anzuordnen. Er ging seinen Weg, als wäre er allein und hätte sich um keinen anderen Menschen mehr zu kümmern, nicht einmal um seine eigenen Leute.

Das ging einige Zeit.

Und dann verließ er mitten am Tag das Haus und ging

in seinem guten Gewand, das er bei den Sitzungen trug, hinab ins Dorf. Aber mitten am Tag war keine Sitzung.

Vielleicht geht er doch zum Arzt, dachte Eva, und sie war froh, dass er es sich endlich überlegt hatte.

Christoph Diepolter ging jedoch nicht zum Arzt, sondern schlug den Weg zum Pfarrhof ein, der mit seinem steilgiebeligen Dach und den Rundbogenfenstern dicht neben dem Kirchberg lag. Als er auf die Klingel drückte, die im Inneren des Hauses mit einem hellen Klang ertönte, zitterte seine Hand.

Der Pfarrer, der auch daheim sein schwarzes, rundes Käppchen auf seinen grauen Haaren trug, öffnete ihm selbst und empfing ihn ohne besondere Überraschung, denn es kam öfter vor, dass das Dorfoberhaupt ihn am helllichten Tag aufsuchte, wenn gerade eine pfarramtliche Verständigung oder Beratung erforderlich war.

Er führte den Mann unter freundlichem Geplauder in sein Arbeitszimmer, in dem ein Wellensittich in seinem Bauer mit Krächzen und Gezwitscher sich pausenlos bemerkbar machte.

»Ich komme heute in eigener Sache, Herr Pfarrer«, begann Diepolter, nachdem er den freundlich angebotenen Platz eingenommen hatte, ohne den Pfarrer anzuschauen, dem nun doch am Aussehen und an der Haltung seines Gastes etwas aufzufallen schien.

»Dieser verbrecherische Anschlag scheint Ihnen immer noch sehr nachzuhängen, Herr Bürgermeister«, bedauerte der Pfarrer. »Fühlen Sie sich nicht recht wohl?«

»Offen gestanden ... nein, aber es ist kein körperliches Unbehagen, das an mir nagt, sonst hätte ich den Doktor aufgesucht ... sondern ein seelisches ... ein Druck hier auf dem Gewissen ...«

Der Pfarrer zog ein wenig die Stirn hoch und schaute den Sprecher erwartungsvoll an.

»... und deshalb komme ich heute zu Ihnen, Hochwürden«, fuhr Diepolter fort. »Nahezu dreißig Jahre trage ich es mit mir herum, und jetzt will ich es nicht mehr. Es wird mir zu schwer. Ich bitte Sie um Ihren Rat und um Ihre Hilfe!«

Abermals schlug der Pfarrer seine Augen zu ihm auf. »Begehren Sie dies von mir als Priester oder von einem guten Freund, der nun schon jahrzehntelang gemeinsam mit Ihnen für das Wohl des Dorfes wirkt?«

»Von beiden!«

»Sie können beiden vertrauen, Diepolter! Was haben Sie auf dem Herzen?«

Der Pfarrer rückte den Stuhl ein wenig näher, als hätte er eine Beichte abzunehmen.

Diepolter fuhr ein paar Mal mit seiner schweren Hand über sein Haar. »Ich habe falsch gelebt, Herr Pfarrer, das heißt pharisäisch. Ich ging am Sonntag in die Kirche und tat in allem meine Christenpflicht. Aber ich war kein Christ ... es ging mir nur um die Ehre, als solcher zu gelten!«

»Was reden Sie da, Diepolter?«, warf der Pfarrer ein.

Aber der Mann achtete jetzt nicht darauf. »Darf ich Ihnen meine Geschichte erzählen, Hochwürden? Wenn Sie mir schon raten und helfen wollen, dann müssen Sie alles wissen!«

»Bitte ... es handelt sich wohl um die Haldinger-Sippe. Man hat jetzt wieder viel darüber hören und lesen können. Sie werden jetzt doch nicht sagen wollen, dass Sie mit einer Schuld an dieser Feindschaft belastet sind?«

»Die Haldinger!«, stieß Diepolter verächtlich aus. »Was habe ich noch mit diesem Pack zu tun? Kann ich was dafür, dass der alte Haldinger alles versoffen hat? Ist es meine Schuld, dass er auf die schiefe Bahn kam, zum Brandstifter wurde und seine Buben zu Verbrechern erzog? Nein, Herr Pfarrer, diese Dinge lassen mich gut schlafen. Ich habe mein Verbrechen an einem ganz anderen Menschen begangen:

Ich musste ja das väterliche Anwesen schon in jungen Jahren übernehmen, weil meine beiden Elternteile sehr früh starben. Als einziger Sohn und Nachkomme hatte ich nie gelernt, mit anderen Menschen zu teilen, und es wollte mir nicht genug sein, was mir der Vater hinterließ. Ich war ein Egoist! Der Hof war mir nicht groß genug, er musste wachsen, die kleine Säge, die mein Vater errichtet hatte, musste verschwinden. An ihrer Stelle sollte ein großes Werk erstehen mit mindestens vier Vollgattern. Die Kraft des Wassers war ja da. Ich plante und arbeitete an der Vergrößerung und Vermehrung meines Besitzes. Darauf allein kam es mir an. Man hat mir die Frauen aus guten Häusern empfohlen, aber ich konnte mich nicht zur Heirat entschließen. Zuerst musste mein Hab und Gut stehen, so wie ich es wollte. Und da stand er: ein großer, renovierter Bauernhof, umgeben von ertragreichen Gründen und schlagbaren Wäldern, eine neue, große Säge am Steinebach. Ich gewann immer mehr Einfluss in der Gemeindepolitik und wurde zum Bürgermeister gewählt …«

Diepolter brach in seiner Erzählung ab. Der Schweiß war ihm auf die Stirn getreten. Es war ein schwüler, drückender Tag.

Er wischte mit einem Tuch Gesicht und Hals trocken und fuhr dann mit unterdrückter, aber erregter Stimme fort: »Ich hatte im Bauholzhandel mit einem reichen Geschäftsfreund im Unterland zu tun, der nicht nur ein großes Dampfsägewerk besaß, sondern auch noch eine prächtige Kunstmühle. Dort war eine Tochter, und es kam, wie es kommen musste: Nach längerem freundschaftlichen Verkehr wurde die Hochzeit beschlossen.

Ich wurde damals viel beneidet, und ich war stolz, denn man musste schon ein bedeutsamer Mann sein, wenn man im Haus dieses reichen Unterländers aufgenommen wurde. Die Hochzeit sollte im kommenden Frühjahr stattfinden. Bis dahin waren noch etwa sechs Monate Zeit, in der ich noch allerlei Vorbereitungen treffen wollte.

Im Dorf Mölk lief damals ein Mädchen herum, das beim Sonnengruber als Magd diente und später als Sennerin zur Alm zog. Sie war von eigentümlicher Schönheit, aber stolz und unnahbar. Viele unserer Burschen hatten sich vergeblich um die Gunst der Isabell, so hat jenes Mädchen geheißen, bemüht. Sie wollte nichts wissen von Liebschaften, obwohl sie heiter und voller Temperament war. Ich kam öfters an der Hochalm vorbei, wenn ich droben im Bergwald auf der Jagd war. Wir wurden gute Freunde. Mich zog es immer wieder hinauf zur Hochalm ... und als der Winter vor der Tür stand und der Abtrieb erfolgen sollte, da geschah es: Als Lügner habe ich mich dem Mädchen genähert, denn ich hatte nie verraten, dass ich bereits mit einer anderen Frau versprochen war. Ich weiß nicht, was damals in mich gefahren ist ... und ich glaube, Isabell hat mich wirklich geliebt.

Die Schuld traf allein mich. Als sie mir eines Tages gestand, dass sie ein Kind von mir erwarte, fiel der Himmel über mir zusammen. Aber ich hatte lange nicht den Mut, ihr die Wahrheit über meine Verlobung zu gestehen, und als ich es tat und ihr klar machte, in welche Lage ich mich gebracht hatte, zeigte sich ihre wunderbare Kraft. Sie sah ein, dass wir uns trennen mussten, wenn ich nicht Ansehen und Achtung vor den Menschen verlieren wollte. Sie hat mich wirklich geliebt, aber damals verstand ich das nicht. Ich sah nur den Untergang, der mir drohte, und sann auf Wege zu meiner Rettung.

Noch ehe es sichtbar wurde, in welchem Zustand die

schöne Magd vom Sonnengruber sich befand, zog Isabell fort. Ich gab ihr ein kleines Vermögen mit. ›Für das Kind‹, sagte sie. ›Für mich brauche ich nichts!‹ Oh, sie war stolz. Ich habe im Frühjahr geheiratet, ohne etwas zu denken. Kaltblütig setzte ich mich über das Unglück Isabells hinweg.«

Diepolter schwieg. Er atmete unter der Last seines Schuld herb auf. Der Schweiß stand wieder auf seiner Stirn.

»Und dann?«, fragte der Pfarrer.

»Ich habe mit dieser Lüge weitergelebt. Die Schande der Ehrlosigkeit war abgewendet. Niemand erfuhr jemals etwas von meiner Erbärmlichkeit. Ich wirkte als Bürgermeister von Mölk und verschaffte mir Respekt und Ansehen. Mein Wohlstand gedieh. Aber das Glück blieb aus! Es starb meine erste Frau – es starb meine zweite Frau und hinterließ mir ein hilfloses Kind, die Eva. Aus den Drachenstuben brach ein neuer Quell, und die Flut kam über meine Säge und den Hof. Ich richtete mich immer wieder auf und trotzte dem Schicksal und der Vergeltung des Himmels. Ich trug schweigend an der Last meines Gewissens bis zum heutigen Tag. Aber jetzt kann ich nicht mehr!«

»Was hat Sie gehindert, das Mädchen zu sich zu holen, nachdem Ihre Frau gestorben war? Etwa die öffentliche Meinung?«

»Es waren alle Brücken abgeschlagen. Ich wusste nicht einmal, wo das Mädchen sich niedergelassen hatte. Durch Zufall erfuhr ich, dass Isabell längst gestorben war …«

»Und das Kind?«

»Ich habe mich nie darum gekümmert. Nie.«

»Nie nachgeforscht?«

»Nein.«

»Wenn Sie Ihr Gewissen erleichtern wollen, dann müssen Sie es tun! Nichts ist zu spät, so lange Gott uns die Gnade schenkt, unsere Verfehlungen wettzumachen oder mindestens unseren guten Willen zu zeigen!«

»Ich habe dieses Kind gefunden, es ist ein Sohn.«

»Und …?«

»Er kam als Fremdling ins Hölltal, als hätten unsichtbare Hände ihm diesen Weg gewiesen: Es ist der Ingenieur Martin Rambold.«

»Mann!«, entkam es dem Pfarrer.

»Bitte, helfen Sie mir! Er weiß es nicht … und ich habe nicht den Mut, es ihm zu sagen. Ich fürchte seine Vorwürfe, seine Verachtung, seinen Hass.«

Der Pfarrer ging erregt in der Stube auf und ab. Dann blieb er vor dem gebrochenen Mann stehen. »Was Gott begonnen hat, führt er auch zu Ende, Diepolter! Er lässt kein Werk unvollendet. Der Weg wird frei gemacht werden, auf dem sich Vater und Sohn begegnen. Ich werde mit dem Ingenieur sprechen!«

Da griff Diepolter nach der Hand des Geistlichen. »Ich danke Ihnen, Herr Pfarrer.«

Eva hatte ihren Vater sorgenvoll beobachtet. Sie sah, wie er von Tag zu Tag stiller und nachdenklicher wurde. Sie konnte sich diesen Wandel nicht erklären. Wie heftig hatte er sich sonst erregen können, wenn irgendwo auf dem Hof oder im Sägereibetrieb etwas nicht nach seinem Kopf gegangen war. Jetzt schwieg er zu allem, als ginge es ihn nichts mehr an.

Es war kein Zweifel, er litt unter einer schweren seelischen Depression, die auch an seinen körperlichen Kräften zu zehren begann.

Und eines Abends erlebte Eva ihre größte Überraschung, als der Vater sie zu später Stunde noch in die Stube rief.

»Warum hast du immer noch nicht den Mut dazu, mir ins Gesicht zu sagen, dass du dich von mir nicht verschachern lässt wie eine Kuh im Stall? Warum sagst du mir nicht einfach frei heraus, dass du die Frau des Doktors werden willst, den du liebst und der dir die gleiche Zuneigung entgegenbringt?«

»Vater!«

»Pst! Lass mich ausreden! Du weißt, wie sehr ich diesen Doktor Erber schätze. Er ist ein Mann der Natur und lebt nach der Natur. Er ist ein tüchtiger Arzt … ich bin euch nicht im Weg, wenn ihr beide euch zusammentut. Das wollte ich dir nur sagen.«

Sie war fassungslos.

»Du glaubst mir nicht? Du meinst, ich könnte es nicht ertragen, wenn mein Hof und mein Sägewerk in fremde Hände kommt? Es kommt in keine fremden Hände, Eva … ich habe einen Sohn, der hier regieren wird. Jawohl, du hast einen Bruder!«

Ihre Augen wurden noch größer.

»Das kannst du nicht fassen? Aber es ist so. Ich habe großes Unrecht an ihm gutzumachen, und es ist eine furchtbare Schuld, die ein Mensch auf sich nimmt, wenn er sein eigenes Blut verleugnet und sich seiner schämt.

Dein Bruder, der das Vaterhaus noch nicht gesehen hat, weil er als unehelich geborener Mensch daraus verbannt war, wird in diesen Tagen heimkehren. Sieh zu, dass du mit dieser Überraschung fertig wirst! Es kann sein, dass du mir wegen meiner Feigheit und Niedertracht den Rücken zukehrst – bedenke aber, dass mein Dasein in einer einzigen Sühne meiner Schuld verlief.«

Eva kehrte dem Vater nicht den Rücken, im Gegenteil, das Verhältnis zwischen Vater und Tochter wurde inniger und friedlicher. Von einem Tag zum anderen wartete sie auf die Heimkehr ihres ihr unbekannten Bruders. Auch

Christoph Diepolter stand oft stundenlang am Fenster und schaute die gewundene Straße entlang, die zum Dorf führte. Aber nur selten regte sich dort etwas. Der Herbst stand vor der Tür. Die Bauern hatten auf den Wiesen nicht mehr viel zu tun.

Eines Tages kam ein Auto heraufgefahren und zog eine Staubfahne hinter sich her.

Der Bürgermeister rief sofort nach seiner Tochter: »Da!«, sagte er, und sein Gesicht zuckte vor Erregung.

Sie verstand ihn nicht. Freilich, auch sie freute sich, als sie den bekannten, zerbeulten Wagen heranfahren sah. Sie hatten alle genug und mit viel Bangen auf die Genesung des Fahrers gewartet.

»Der Ingenieur!«, rief sie.

»Ja ... er ist es ...«

»Wer?«

Er schaute bewegt auf sie nieder. Seine Lippen bewegten sich tonlos. »Dein Bruder!«, brachte er dann mühsam hervor.

»Vater!«, jubelte sie und umfing ihn mit ihren Armen.

Dann eilte sie hinaus und lief dem Wagen entgegen.

Sie hielten sich bei den Händen, als sie zusammen in die Stube hereinkamen. Martin Rambold stand wieder in seiner gewohnten, urwüchsigen Art da. Kaum dass man ihm noch etwas ansah von dem langen und schweren Krankenlager, auf dem er mit dem Tod gerungen hatte, zusammen mit dem Arzt und seiner treuen Schwester.

Er nahm die Hand, die Diepolter ihm zitternd entgegenhielt.

»Ich habe viele Tage auf dich gewartet«, sagte der alte Mann mit würgender Stimme. »Ich weiß schon, es war schwer für dich – wir waren uns oft in den Haaren, aber ich bin halt so ein Mensch: Mein Mund spricht oft anders als das Herz!«

Sie sahen sich in die Augen, und in ihrem Schweigen lag so viel Bereitschaft, so viel Verzeihen und Verbundenheit, wie es mit Worten sich nicht hätte ausdrücken lassen.

Der Herbst kam und ging, ihm folgte ein strenger, schneereicher Winter, und als im Föhn das Eis brach und die Schneemassen schmolzen, rauschte der Wildbach mit bedrohlichen Gewalten vom Torkogel herab in das Hölltal. Aber er konnte die Fesseln nicht mehr sprengen, die Martin Rambold ihm angelegt hatte.

Das Werk des jungen Ingenieurs, der als Fremdling nach Mölk gekommen war und nun den Besitz seines Vaters in feste Hände genommen hatte, würde eine ganze Menschengeneration und noch die folgende überdauern.

Davon waren alle Bauern von Mölk überzeugt.

Es gab keine so genannte große Hochzeit, als die beiden Paare vor den Altar traten. Das Festessen wurde in der großen Bauernstube auf Diepolters Hof gehalten, wozu nur die nächsten Verwandten eingeladen waren.

Nur ein einziger Ehrengast durfte daran teilnehmen: der Fabian.

Mit einem umgebundenen großen Tuch durfte er neben Christoph Diepolter sitzen, der es sich nicht nehmen ließ, seinem »Balg« diese Ehre anzutun.